夏にいなくなる私と、17歳の君

いぬじゅん

本書は書き下ろしです。

You are 17. I'll be passed away this summer.

【目次】

イラスト／フライ

夏にいなくなる私と、17歳の君

You are 17.
I'll be passed away
this summer.

君とすごした日々は、もう遠いあの夏の中。

太陽みたいに笑う君と、その影に隠れるような私。
真逆のふたりだから、触れあうことはないと思っていた。

だけど、君は私の暗闇を魔法のように照らしてくれた。
自分の光をわけ与えるように、何度も何度も。

今度は、私が君に光を戻したいと思った。
まぶしい光の中、ふたりであの夏のように笑い合いたかった。
願いごとはきっと叶う。
そう教えてくれたのは、君だから。

1　太陽が作る影

　チャイムの音に、廊下にあふれていた生徒たちの声は教室へ吸いこまれていった。遅刻しそうな生徒の靴音も遠ざかり、やがて校舎からすべての音が消えた。

　二階にある女子トイレは薄暗く、鏡に映る顔色は普段より悪く見える。

　そろそろ私も教室に戻らなくては遅刻扱いになってしまう。

　廊下に出ると誰もおらず、この学校にひとり取り残されたみたいな気分になる。まぶしい朝の光が、逆に重い体と心を実感させるようで。

　早く教室に向かわないと……。

　急ぐ気持ちがあっても、持病のせいで走ることができない。窓の外に目をやりながら、深呼吸をして歩く。

　空には、今朝まで降り続いた雨を忘れてしまったかのような青色が広がっていた。ねずみ色の雲は彼方に追いやられ、開いた窓から吹く風は生ぬるい。

向こうから教師がふたり歩いてきた。私に気づいても注意してくることもなくすれ違う。ひとりぼっちというより、幽霊にでもなった気分だ。

頭の奥にある痛みが、主張してきた。病気が発覚して以来、頭痛とめまいの症状がいつもすぐそばにある。

教室のうしろの戸が見えるのと同時に足を止めた。

――誰かが廊下に立っている。

窓の外に手をだらんと出した男子生徒は、空に顔を向け気持ちよさそうに目を閉じている。

春の風が彼の栗色の髪を躍らせ、口元には笑みが浮かんでいる。彼の周りにはやわらかい空気があって、体調のすぐれない私とはまるで逆。

誰だろう……。クラスメイトではないし、隣のクラスの生徒でもない。そういえば、担任の土橋先生がゴールデンウイーク明けに転校生が来ると予告していたっけ。

彼がきっとそうなのだろう。身長が高く、紺色のブレザーに朱色のネクタイが似合っている。鼻筋が通っていて、今にも歌い出しそうな唇が――。

見惚れている場合じゃない。足を動かすとキュッと上靴のこする音が響いた。

男子生徒の瞳がゆっくりと開く。まるで今生まれたかのようにパチパチとまばたきをしたあと、男子生徒は私に顔を向けた。

次の瞬間、思いもよらない反応を彼は見せた。

うれしそうに顔をくしゃくしゃにして笑ったのだ。

「ああ、よかった」

予想外の言葉が男子生徒の口からこぼれた。戸惑う私に、彼が一歩近づく。

「やっと会えたね」

朝日を体いっぱいに浴びながら白い歯を見せて笑っている。鋭角の眉(まゆ)に反し、素朴(そぼく)さと無邪気さが混在するあどけない表情。

知り合い……？

ううん、違う。ずっと地元の学校に通っているけれど、こんな人は見たことがない。

「人違いだと……思います」

つぶやくような声しか出なかった。軽く頭を下げ、教室のうしろの戸から中へと逃げこんだ。

「おお、浅倉(あさくら)。早く席に着け」

土橋先生の声とみんなの視線を浴びながら窓側の席につく。まだ胸がドキドキしていて、額に汗がにじんでいるのがわかる。

「ちょっと詩音、大丈夫？　顔が真っ青だよ」

前の席の花田理菜が心配そうに尋ねてきた。理菜は高校に入ってからの友だち。ショートボブでいつも元気な理菜は、三人姉妹の長女ということもあり面倒見がよく、いつも心配してくれる。

「うん、大丈夫だよ」

心配をかけたくなくて、私はいつもこの言葉ばかりを選んでしまう。

「本当に？」

理菜がじっと見てくるので大きくうなずいてみせる。納得したのだろう、理菜が私の右側を指さした。

「今日から来る転校生、詩音の隣の席なんだって」

言われて気づいた。休み前にはなかった机と椅子が隣に置かれている。

「え……隣なの？」

「転校生が隣の席なんて、まるでドラマの展開みたいじゃない？　好きになっちゃったりして」

「やめてよね」

ぶすっと答える私に、理菜はキヒヒと笑って前を向いた。

ホームルームはいつもだらけた雰囲気なのに、今朝はまるで違う。誰もが教室の前の戸に視線と意識を向けている。

深呼吸をしながら気づいた。さっきまであった頭痛が嘘みたいに消えている。

あの男子生徒が言った、『やっと会えたね』の言葉に驚きすぎたせいかもしれない。あんなこと、初対面の人に言うことじゃないよね……。

きっとほかの誰かと勘違いしたのだろう。

ジャージ姿の土橋先生が不精ヒゲをなぞりながらニヤリと笑う。

「それでは、これより転校生を紹介するとしよう」

ワッと起きる歓声に導かれ、さっきの男子生徒が教室に入ってきた。

「ちょ、イケメンじゃん」

理菜が私にだけ聞こえるように言ったので、あいまいにうなずく。

土橋先生が黒板に『日比谷諒』とチョークで書いた。……やっぱり知っている人ではない。

「日比谷諒です。よろしくお願いいたします」

低いけれどやわらかい声だと思った。割れんばかりの拍手とともに何人かの生徒が我先にと手をあげる。

「前はどこに住んでいたんですか？」

「部活やるなら陸上部にこいよ」

「なんでこの高校に来たの？」

日比谷くんは質問を聞いている間、教室を見渡している。私と目が合ったとたん、さっきと同じ笑みを浮かべたので慌てて理菜の背中に隠れた。

なんで？　どうして私に笑いかけるの？

パンパンと土橋先生が手を叩いた。

「こら、落ち着け。一気に質問しちまうと日比谷だって困るだろうが」

「えー」という不満の声があがる。

そっと覗くと、日比谷くんの唇が開くところだった。

「俺はかまいません。質問に答えると、元々都内に住んでいましたが、親の転勤で何年か関西に住んでいました」

物おじせずはっきりと話す日比谷くんに、誰もが動きを止めて聞き入っている。

「おかげで関西弁もしゃべれます。ちなみに、こんな中途半端な時期に東京に戻ることになったのも、ぜんぶ親のせいなんです」

クスクスとした笑いが渦を描くように大きくなっていく。

一度言葉を切った日比谷くんは、「ちなみに」と軽い口調になった。

「部活はやりません。先輩後輩ってのが苦手なので。あと、この高校に決めたのは校則が緩(ゆる)いことで有名だからです」

栗色の髪をつまんでみせる日比谷くん。どっと笑い声が起き、彼を歓迎する拍手がそれに続く。

まるで私とは真逆の性格だ。彼が太陽なら、私はそれが作る影。私は人とはあまり関わらないでいたいし、なるべく目立ちたくない。

あとで知り合いではないことを伝えられたらいいけれど……。

鼻の奥に苦いものを感じ、ポケットから取り出したティッシュを当てると赤い血がにじんでいる。さっき止まったばかりなのに、また鼻血が出てしまった。

止血の方法は心得ている。小鼻をつまんで深呼吸をくり返す。そうしているうちにホームルームが終わっていたらしく、気づいたら隣に日比谷くんが座っていた。

「どうぞよろしく」

周りの席に声をかける日比谷くんに、理菜が椅子(いす)ごとそっちを向いた。

「あたし花田理菜。理菜って呼んでくれていいから」

積極的な理菜に、

「花田のあだ名はハナだろ」

と、男子のひとりが茶化した。

「うるさいなー。そのあだ名、嫌いって言ってるでしょう。てことで日比谷くん、よろしくね」

「よろしく。俺のことは諒でいいよ」

「諒、ね。了解」

親指を立てたあと、理菜が私の肩をグイと引き寄せた。

「この子は浅倉詩音。ちょっと体が弱いけどいい子なんだ。丁寧に扱わないと承知しないからね」

「理菜が詩音の保護者ってことだね」

「そういうこと」

なんて、ふたりの会話は弾んでいる。日比谷くんにまたヘンなことを言われたらどうしよう、と心配になったけれど、彼はもうほかのクラスメイトと楽しげに会話をしている。

「せっかくだから髪を染めてみたんだよ。お金が続かないからやめるけどね」

前からこのクラスにいたみたいに普通に会話をしている。むしろ私のほうが、二年生になってもみんなと馴染めずにいる。

それもぜんぶ、私の抱える病気のせい。病名については、先生たちの間でしか共有されていない。親を通じ、学校では内緒にしてもらうようにお願いしているから。

進行性の難病だと知られてしまったら、今よりももっと学校生活が送りにくくなるだろうし、同情の視線に耐えられる自信はない。

これまでも、遅刻や早退が多く体育の授業に参加できない私を心配してくれる子もいた。そのたびに『体が弱くて』と嘘をついてきた。

青空に目を向けると、ソフトクリームみたいな形の雲が浮かんでいる。先っぽのクルンと丸まった部分なんてそっくりだ。

「ねえ」と、理菜が私の机に両腕を乗せたところでハッと我に返った。

「また空想の世界に行ってたでしょう?」

「あ……うん。あの雲、おいしそうだなぁって」

「雲? え?」

説明を求めるように私を見る理菜に、「なんでもない……」と肩をすぼめるとおかしそうに笑っている。

「ほんと詩音っておもしろいよね。覚えてる? 最初に会った時も、ぼんやり空想の世界にいたもんね」

「入学してすぐの頃だったよね。あの時も雲の上で寝たいなぁって思ってた」

ふわりと一年生の春が頭に浮かんだ。

「そうそう、その日にさ、あたしがスマホを失くしちゃったんだよね。ほぼ初対面なのに、見つかるまで一緒に探してくれたよね。あれ、うれしかったなー」

「結局、トイレにあったんだよね」

それ以来、理菜と仲良くなった。いまだに自分の病気については話せていないけれど、いちばん心を許せる相手だ。

ガハハと大きな口を開けて笑った理菜が、「そうだ」と急に背をシャキンと伸ばした。

「日曜日に、ヨッシーとミズッチと遊びに行くんだけど、詩音もたまには一緒に行こうよ」

「んー、行かない」

「秒で断るなんてひどい」

答えを予想していたのだろう、理菜は苦笑している。

「その……日曜日はちょっと用事があるんだよね」

少しくらい考えてから答えるべきだった。しどろもどろで言い訳をする私に、理菜は唇を三日月の形にした。

「わかったよ。でも、いつかあたしとデートしてよね」

トイレに行くと言う理菜を見送ってから、そっとため息をこぼした。誘いを断るたびに罪悪感に押しつぶされそうになる。

でも今度の日曜日に用事があるのは本当の話で……。じゃあ用事がなかったら、と考えたところで返事は変わらないだろう。日常生活に制限が多いから、一緒に遊んでも迷惑をかけるだけだから。

ふと気づくと、日比谷くんが私を見ていた。またなにか言われるのかも、と身構えたけど、スッと目線を避けられてしまった。

……いつものこと。

最初は気さくに話しかけてくれたクラスメイトも、波が引くように遠ざかっていく。反応が薄く、人に心を開かない私に話しかけてくれるのは理菜くらいしかいない。

それでいい、と五月の空を見あげた。

友だちを増やしてしまったらあとでもっと悲しくなる。

どうせ、私は死んでしまうのだから。

保健室の猿沢(さるさわ)先生は、いい意味で白衣が似合わない人だ。

四十七歳にしては若々しく、メイクは薄いけれどゆるふわなヘアスタイル。甘めの洋服を選ぶことが多く、今日もフリルのついた花柄のロングスカートを着ている。

「また校長先生に注意されちゃったの。別に派手じゃないと思うんだけどね。そもそも、『先生らしい服装』ってなんなのかしら」

首をひねっているけれど、校長先生が言いたくなる気持ちも少しだけわかる。

「人それぞれですから」

無難な返事でごまかした。

猿沢先生は看護師の前職を活かし、養護教諭の資格を取ったそうだ。長い間中学校で働いていたけれど、私が入学するのと同時にこの高校に赴任してきた。

火曜日の放課後は、保健室に来ることになっている。病院での問診のように、猿沢先生に体調を報告し、異変があれば主治医に連絡を取ってもらう。

「いつもすみません」

チェック用紙を取り出す猿沢先生に頭を下げた。

「気にしなくていいのよ。浅倉さんが楽しい学校生活を送れるように少しの変化も見逃さないようにしなくちゃ。言い方が悪いかもしれないけれど、私の勉強にもなっているので——」

と、猿沢先生がペンを構えた。

「この一週間はどうだった？　ゴールデンウイークに素敵な出会いはあった？」

「チェック用紙にない質問には答えられません」

そう言うと、猿沢先生はぶうと頬を膨らませた。

「少しくらい教えてくれてもいいじゃない。今どきの高校生の恋愛について知りたいのよ」

「そんなのないですって」

「ケチ」

猿沢先生と話しているとどっちが子どもなのかわからなくなる。あきらめてくれたのか、しぶしぶ猿沢先生はチェック表に目を落とした。

「頭痛やめまいはどう？」

「頭痛は毎日です。めまいは一昨日ありました。鼻血は今朝二回出ました」

一時限目以降は珍しいくらい体調が安定していたのに、放課後になってから頭痛がまた顔を出している。頭に輪っかをつけられ、強く締めつけられているみたいな感覚。

「白血球や赤血球、血小板が減少する病気だから、どうしても症状が出ちゃうのよね。でも、免疫抑制療法のおかげで検査結果は安定しているようだけど」

「前に比べたらずいぶんラクです。学校を休むことも減りましたし、検査入院の回数も減りました」

「きっと久しぶりの登校だったから体が異変を感じちゃったのかもね。今日は天気もころころと変わっているし」

猿沢先生の目線を追うと、窓越しの空に厚い雲が広がっていた。血圧計を腕に巻かれ、スイッチが押される。ブオンという音がして腕が締めつけられる。

「そんな心配そうな顔をしないで。病は気からよ」

「ですね」

「ええ、ひどい。ちっとも思ってない言い方じゃない」

眉（まゆ）をハの字にするから、私はまたフォローするしかなくなる。

「思ってますって。病は気からですよね」

小学校の卒業前に、永遠とも思えるほどの長い風邪（かぜ）を引いた。近くの内科医で処方された薬が効かず、卒業式どころか中学校の入学式にも出られなかった。

紹介状を出され総合病院へ行き、何度も精密検査をくり返した結果、聞いたことのない長い病名を告げられた。季節はもう夏が終わろうとしていた。あのときの絶望感は今でも忘れられない。

あれから五年。服薬と定期健診で様子を見ているけれど、体調はなかなか安定しない。長いトンネルに迷いこみ、ずっと出口を探している気分だ。

どんな季節でも、どんな天気でも、冬の夜みたいに寒くて暗い。将来なんて、もっと深い暗闇に閉ざされている感じ。この気持ちは、同じ病気になった人じゃないと絶対にわかってもらえないこと。

血圧計の数字をチェック表に記入したあと、猿沢先生は「浅倉さん」と真剣な目で私を見つめた。

「何度も言うけれど、難病指定されているとはいえ、この病気での生存率は高いの」

家族、病院の先生や看護師、そして猿沢先生。病気のことを知っている人たちは、こんな言葉で慰めようとしてくれる。実際、治療を続けることで長期生存できる確率は低くないそうだ。

でも、毎年夏が来るたびに怖くなる。それは、病名がつけられて最初の診断の時に先生に言われた言葉が忘れられないから。

『残念ですがこの病気は治ることはありません。余命は、早ければ五年くらいかもしれません』

今思い返せば、母親の制止をふり切り、無理やり余命について私が尋ねたせいだと思う。

病状が安定しない中で、先生なりに真摯に答えてくれたと思うし、『もちろん何十年も進行しない可能性だってありますす』と励ましてもくれた。

けれど、『五年』という年数が頭から離れてくれない。

今年がちょうど五年後の夏にあたる。夏の終わりに自分が息絶える姿がずっとぬぐえず、その予感が日に日に強まっている。

「だからがんばらなくちゃね」

猿沢先生の言葉に、力強くうなずく私は誰？

「がんばります」

作りものの笑顔を張りつけて嘘をついたのは、猿沢先生を悲しませたくないから。

……ううん、違う。悲しむ猿沢先生を見て罪悪感を覚えたくないからだ。

保健室を出た頃には、すっかり辺りは暗くなっていた。

厚い雲が世界を覆っていて、今の気持ちとシンクロする。

「嫌だな……」

ドラマでもマンガでも、病弱なヒロインはよく出てくる。そういう人たちは、たいていかわいくて素直で、守ってあげたいと思わせるような性格が多い。

私は真逆だ。健康な人をうらやんでばかり。誰にも心を開かない私を守ってくれる人なんて絶対にいない。

薄暗い廊下（ろうか）が果てしなく続いているように思える。こんなに苦しいなら、お父さんのアドバイスに従って通信制の高校を選ぶべきだった。

深いため息をひとつ。続いてふたつ。

教室の戸を引くのと同時に体が固まった。教室のうしろの窓に、日比谷くんがもたれて立っていた。

日比谷くんは、私に気づくとハッとした顔になった。

けれどすぐに、

「やあ」

と、にこやかに右手をあげた。

思わずあとずさりをする。しまった、これじゃあ日比谷くんを嫌っていると思われてしまう。

「あ、違うの。誰もいないと思っていたから、日比谷くんが残っていることに驚いちゃって……」

しどろもどろで言い訳をする声は、自分でも聞こえないほど小さい。

「諒でいいよ」

「……え？」

ハッと顔を上げると、日比谷くんはいたずらっこみたいに笑った。

「名前の呼び方。諒、でいいから」

「り、諒……」

上ずった声になる私に、諒は忍び寄る夜にも負けないくらいの笑顔でうなずく。でも、どこか無理して笑っているように見えるのは、私の気のせい？

「あの……諒はなんでこんな時間まで残ってるの？　なにか困りごととか……？」

キョトンと目を丸くしたあと、諒がゆっくりと首を横にふった。

「心配してくれてありがとう。詩音はやさしいんだね」

「そんなことないけど」

思わぬ返事に動揺しながら、諒に今朝からの疑問をぶつけてみることにした。

「あの……今朝のことなんだけどさ、私たちって前に会ったことないよね？」

「ああ、そうだね」

ひょいと窓から体を離した諒が、自分のバッグを肩にかけた。

「でも、『やっと会えたね』って……」

勇気を出して言葉にすると、諒は笑みを浮かべたまま首をかしげた。

「うーん……あれは、なんとなく？　ごめん、気にしないで」

あのあとずっと悩んでいたことを、諒は『なんとなく』で終わらせた。からかわれている気分だ。ムッとした表情になりそうで、床とにらめっこをしてごまかした。

「ひょっとして怒らせちゃったのかな？」

諒が私のほうへ歩いてくるのがわかり、顔をあげた。近くだと想像以上に背が高く、見下されている格好になる。

「……大丈夫だよ」

いつもの『大丈夫』を口にしてから、自分の席へ荷物を取りに行く。

とにかくもう帰ろう。わけのわからないこの状況から早く逃げ出したい。

「詩音ってさ――」諒の声が追いかけてくる。

「自分の気持ち、ごまかしているでしょ？」

カバンに伸ばした手が止まる。言われた意味がわからずにふり返ると、彼はまだ笑みを浮かべていた。

「それも、なんとなく聞いてるの？」

「そんなふうに感じたから」

なんにも知らないくせにわかったようなことを言わないで。

本当はそう言いたかった。だけど話してしまったら、病気のことも言わなくちゃいけなくなる。

肩で息をつき、首を横にふった。

「諒ってわけがわかんない。私、ぜんぜんごまかしてないし」

「きっと本当の気持ちが迷子になってしまったんだね」

……限界だ。諒は変わった性格だと心のメモに記し、今度こそカバンを手にした。

「本当の気持ちって何？　これが本当の私だよ？」

わざと明るい声を意識するが、諒は私から視線を離さない。まっすぐ見つめてくる諒に、なにもかも見透かされているような気分になる。

どれくらいフリーズしていたのだろう。ハッと我に返ってすぐに、自分の頰がありえないほど熱いことに気づく。

「――ごめん。もう帰らなきゃ」

あわてて教室を飛び出た。

理菜以外のクラスメイトとこんなに長く話したのは久しぶりだった。

日比谷諒――不思議な転校生だ。普段ならうなずいたり、あいまいにごまかしてきたのに、どうして私は返事をしたのだろう。なぜ、彼から目が離せなかったのだろう……。

　呼吸を整えていると、遠くで雨の音が聞こえた。

　不思議と頭痛やめまいは感じなかった。


　今夜の夕食にもレバーが並んでいる。今日のメインは牛レバーのフライだ。ほかにもホウレンソウやレーズン入りのサラダなど、鉄分を多く含む食材ばかり。

　お父さんもお母さんもつき合う必要はないのに、発病して以来、私と同じおかずを食べている。

　子どもの頃から住んでいるマンションは、三人家族には広いほどの間取りだ。リノベーションの際に畳（たたみ）部屋をつぶしたので、リビングはやたらに広い。キッチンの収納棚（しゅうのうだな）にはサプリメントの箱がコレクションするように並べられている。

「で、体調はどうなんだ？」

　お父さんは毎日、同じ質問ばかりしてくる。

「大丈夫だよ」

　私も同じ答えをくり返す。

「薬がいい具合に効いてるんだろうなあ。でも、あれだぞ？　つらかったら通信制の高校に変えたっていいんだからな」

　フライにこれでもかとソースをかけるお父さん。ソースの瓶を横からひょいとお母さんが奪った。

「もう何回も話をして決めたことでしょ。お医者さんから普通科でいい、って言われてるんだから、余計なことを言わないの」

「でもよお。集団生活だと感染症にかかりやすいし、ケガしたら血も止まりにくいだろ？お父さん心配だよ」

　気弱なお父さんと、強気なお母さん。こんなに性格が真逆の夫婦も珍しい。そんなことを考えながらレーズンを口に運んだ。五年食べ続けているせいで、顔をしかめてしまう。

「ドナーさんだって見つからないままだし」

　お父さんも私と同じ表情をしている。一方、お母さんはだんだん険しい表情へと変わっていく。

「ドナーさんじゃなく、骨髄移植のドナーね」

「もう五年も探しているのになあ……」

　そのへんで止めておいたほうが……。お父さんは、取りあげられたソースの瓶をうらめしそうに見つめていて、目くばせをしても気づいてくれない。

「今の治療がダメになったら、骨髄移植をするしかないんだよな。なんで俺たちの型は適合しなかったんだろうなあ。なあ、詩音だって――」

「いい加減にして！」

ああ、またお母さんの雷が落ちた。「ひい」と肩をすぼめて目を閉じるお父さん。

「なんでそうやってマイナスなことばかり言うのよ。がんばっている詩音を応援するのが親の務めでしょう⁉」

「……わかってるよ」

叱られた子どもみたいにぶすっと膨れるお父さん。

私の病気が発覚してからこういう言い争いが絶えない。それが私を追いつめていることをふたりは知らない。

お願いだから仲良くしてよ。私のせいでケンカしないで。ふたりのそんな顔を最後の記憶にしたくないんだよ。

こういう気持ちを吐き出してしまえたなら、少しはラクになるのかな……。

箸を置いて手を合わせた。

「ごちそうさま」

「え、まだ半分も食べてないじゃない」

「もうお腹いっぱい。これは部屋で飲むから」

薬と一緒に飲んでいる鉄分ドリンクの小さいボトルをふってみせると、お母さんは『あなたのせいよ』とでも言いたげにギロッとお父さんをにらんだ。

しょげるお父さんを置いて、自分の部屋にこもる。

八畳の部屋にはベッドと机があるだけで、余計な物はクローゼットにしまってある。部屋に入り除菌タオルで手を拭いてからベッドに横になり、スマホを開く。いつも見ている動画投稿サイトのチャンネルでライブ配信がはじまっていた。

体がだるいのはいつものことだけど、今日は特に疲れている。久しぶりの学校だったから覚悟はしていたつもり。やっぱり人と話すと疲労がはんぱない。

横になって考えることは、いつもその日の言動について。

理菜にもう少しやさしくすればよかった。日曜日の誘いだって、考えてから断るべきだった。病気について話ができたらラクになれるのかな……。

入退院をくり返し、やっと登校できるようになったのは中学一年生の冬だった。仲良くしてくれていた数人にだけ、勇気を出して病名を伝えたことがある。

最初は同情してくれた子たちも、やがて腫れ物に触るように接してくるようになった。遊園地に出かける約束も、私を除いたメンバーだけで遂行されていた。

見えない壁が友だちとの間にあることに気づいてから、うまく話せなくなった。私立高校を受験したのも、それがトラウマになっているからだ。

体が弱い設定で押し通すなら、あまり自分のことを話さないほうがいい。日常生活に制限があるから遊びに行くこともできない。

このまま誰とも接することなく、自分の終わりの日を待つ。それでいいんだ。

何度……ううん、もう何千回と言い聞かせているのに、たまに叫びたいほど苦しくなってしまう。

ちっとも動画の内容が頭に入ってこない。

『でさー、マジでだるくなったわけ』

楽しみにしていた配信者のトークが、ざらりと不快な音で耳に届く。

視聴をあきらめスマホを閉じるのと同時に、ドアがノックされた。返事をする前にドアが開き、お母さんが部屋に入ってきた。

「ほら、これ。食事前に測ってなかったでしょ」

差し出された体温計を素直に腋(わき)に挟んだ。

「そろそろ進路調査があるでしょ？　どうするか決めたの？」

「ううん、まだなんだよね」

決めても仕方ないよ。どうせ夏の終わりに死んでしまうのだから。

「大学でも専門学校でもいいけど、就職はもう少し体調が安定してからがいいんじゃないかしら」

安定なんてしない。だって、もうすぐ私は……。

ピピピピ！

アラーム音がして体温計を取ると、熱は平熱。確認したお母さんが、椅子に「よいしょ」と腰をおろした。

「十九日の日曜日のこと覚えてるわよね？」

「骨髄ドナー登録のキャンペーンでしょ」

「お母さん、どうしてもパートを休めなくなったから、悪いんだけどひとりで参加してくれる？」

「わかった」

お母さんは二年前から、ドナー登録を推進しているＮＰＯ法人にボランティアとして協力している。私もキャンペーンが開催される時は、たまに手伝いに駆り出されている。

もちろん、自分の病名はお客さんには明かさないという約束をした上で。知らない人に話したくないし、同情されるのはもっと嫌だから。

「あのね、詩音」

改まった口調でお母さんが背筋を伸ばした。これは私になにか小言(こごと)がある時のサインだ。

「あなたの病気はまだステージ1。しかも安定しているのよ」

「……わかってるよ」

検査結果を見る限り、あと少しでステージ2になってしまいそうなほど危うい数値だけれど。

「お父さんの言ったことは気にしないでいいのよ。もちろんこれから先、進行する可能性はあるけれど、病は気から。気持ちで負けてちゃダメよ」

夏の終わりに死ぬ予感のことを、お母さんに話したらどうなるんだろう？　きっと悲しい表情で励(はげ)ましの言葉を並べるんだろうな……。

お母さんがいなくなった部屋でぼんやりと天井を眺める。

「病は気から、か……」

猿沢先生も同じことを言っていたっけ。

検査をするたびに、親や先生と話をするたびに思うことがある。それは、本当の病状が、私に知らされているものよりも重いのではないか、ということ。

不安にさせないように、みんなでそれを隠している気がする。

本当に八月最後の日に向けて、カウントダウンがはじまっているとしたら……。そんな悪い予感はクーラーの冷風でも追い払えない。

『きっと本当の気持ちが迷子になってしまったんだね』

ふいに諒に言われた言葉が頭のなかで再生された。ブンブンと首を横にふって追い出す。

どういうつもりで諒はあんなことを言ってきたのだろう？

自分の気持ちを言葉にできないことを、どうして彼は見抜いたのだろう？

「ああ、結局考えちゃってるし」

お父さんのマイナス思考は、遺伝として確実に受け継がれている。暗い気持ちを払拭するにはあれしかない。

這いつくばるように机に行き、一番下の引き出しを開けた。最下部にしまってあるノートを取り出し、壁にもたれて座る。

表紙にはあどけない文字で『願いごとノート』と記してある。

初めて入院した時に、このノートを作ることを同室の女の子に教えてもらった。

自分のやりたいことを書いて、それを実行していくという単純なルールのノートには、願いごとが四つ記してある。

①　親友と呼べる人をつくりたい
②　思いっきりスポーツをしたい
③　素直になって親孝行をしたい
④　イラストレーターになりたい

　ノートのはしっこには『わにゃん』という文字と、犬と猫をミックスしたようなイラストが鉛筆で描かれてある。たれ耳で、柴犬のような鼻、けれど楕円形の潤んだ目と愛嬌のある口元は猫そのもの。

「『わにゃん』を見ると元気になるんだよね」

　子どもの頃に絵本を見て、そこに描かれたイラストのかわいさに目を奪われた。それ以来、見よう見まねでイラストを描くようになった。入院中は『絵がうまい』と褒められ、年下の入院患者の子たちにいろんなイラストをプレゼントしたりもした。

　今度、きちんと清書して色を塗ってみようかな……。

　スマホが震え、画面に理菜からのＬＩＮＥ通知が表示された。ノートをそのままに、スマホを開いた。

【緊急速報！　大変!!　ヨッシー、カレシができたんだって!!!】

ビックリマークだらけのメッセージを見て苦笑する。ヨッシーこと芳川智春さんが、同じテニス部の先輩とくっつきそうだということは聞いていた。

【すごいね、うらやましい】

芳川さんとはあまり話をしたことがない。無難な返事を打つと、すぐに返信が表示された。

【あたしもカレシほしい！　でも、モテないのはなんで？】

【理菜はかわいいし明るいから、絶対にいい人に出会えるよ】

【褒めてくれるのは詩音だけ！　もううちら、つき合っちゃおうよ】

クスクス笑いながらスタンプで『お気持ちだけいただきます』の返事をした。ああ、少し気持ちがラクになった気がする。

いつか私も恋愛とまではいかなくても、好きな人ができるといいな。デートもしてみたいけれど、きっと無理なんだろうな……。

――もしも、私に恋人ができたなら。

そこでふとノートと目が合った。空想をするよりも、せっかくだから願いごとをひとつ増やしてみよう。

通学バッグからペンケースを取り出し、なるべくノートに書かれたものと近い太さのボールペンを選ぶ。

⑤　恋をしてデートをしてみたい

「なに書いてるんだか」

自分にツッコミを入れてから、ノートをもとあった場所にしまう。

部屋の電気を消して、今度こそ本当に横になった。今日という日が終わる。

幸せな空想が夢に出てくればいいな……。

目を閉じても、まだ雨は家を包むように降っている。


日曜日の駅前は、いつにも増して混んでいる。

東京のはしっこにある小さな街なのに、こんなにたくさんの人が住んでいたんだと驚いてしまう。

けれど、献血バスが停まっている場所だけは意識的に避けられている。

「ドナー登録にご協力ください」

三つ折りのチラシを受け取ってくれる人も少なく、誰もが私の前を急ぎ足で通り過ぎていく。受け取ってくれたとしても、話まで聞いてくれる人はほとんどいない。みんな不機嫌な態度で、そのたびに心が折れてしまいそうになる。

人の多い場所では感染予防のためマスクが必需品だ。けれど、今日はさすがに暑くて息苦しい。

「お疲れさん」

デニムのポケットに両手を入れて、向こうから奏くんが歩いてきた。新山奏くんは、ドナー登録推進団体『ＮＰＯ法人メシア』の若きリーダーで、年齢は二十歳。私は『奏くん』と呼んでいる。

お母さんが活動に参加した二年前の時点で、すでにリーダーとして活躍していて、いろんなアイデアでドナーの登録者数を増やそうとしている。

髪は短髪で、体はわりとがっしりしている。常に『ドナー登録キャンペーン』と書いた黒いＴシャツとデニム姿の奏くんは、私にとってお兄ちゃんのような存在だ。

ちなみに私は私服で参加させてもらっている。マスクをつけているので、クラスメイトにもバレにくいだろう。

「どうよ、調子は」

「今日はほとんど受け取ってもらえてない。奏くんのほうは？」

「いつもどおりダメダメ。まあ、献血のついでにドナー登録ができることを知ってもらえるだけでよしとしようぜ」

骨髄（こつずい）バンクへのドナー登録は、献血と同時におこなうことができる。奏くんの所属する団体は献血バスに同伴して都内各地でドナー登録を呼びかけている。

もちろん、登録したからといってすぐに骨髄移植に協力できるわけではなく、同意書を書いたり白血球の型を調べたり、対人検査があったりといくつもの段階を経る必要がある。

骨髄移植を希望している人はたくさんいるのに、ドナー登録をしている人は五十五万人しかいない。

二ミリリットル。ほんの少しの採血だけでドナー登録をすることができるのに、興味を持ってくれる人は少ない。

私が検査入院をした時にも、型の適合を待ちわびながら亡くなっていく子を何人も見てきた。

「暗い顔すんなよ」

おでこをつつかれハッと我に返った。

「そんな顔で勧められて興味を持つ人なんていないだろ？」

「奏くんだって無愛想で有名なくせに」

「俺だって説明する時は別人のようにニコニコしてんだぜ」

「じゃあ笑ってみてよ」

どうぞ、と手のひらで合図を送ると、ガチガチのこわばった笑みを浮かべている。

「なにかヘンなものを売りつけられそう」

「うるせー。詩音が相手だからうまくできないだけだ」

私相手に本気で怒る奏くんに思わず笑ってしまう。

「休憩とってくれていいよ」

プイと歩いていくうしろ姿を見送る。奏くんはぶっきらぼうだけど、彼女さんが言うには『実は甘えん坊』らしい。私の前では見せないし、会えば漫才みたいなかけ合いになってしまう。

ここの人たちは持病について理解してくれているので、私も自然に話をすることができる。こうして手伝いに来るのは嫌じゃないし、むしろ普段より素直な自分になれるから好き。

「よろしくお願いします」

笑顔を意識してチラシを差し出すと、中年の男性が受け取ってくれた。が、話を聞くこともなく歩いていく。くしゃっと握られたチラシは無造作にポケットに押しこまれてしまった。

しょうがない、とほかのボランティアスタッフに休憩をとることを伝えた。自動販売機でペットボトルの水を買ってから、駅ビルと呼ぶには若干小さい建物に入る。スタッフの休憩室は改札口近くにある小さな部屋で、普段は鉄道関係者の会議室として使われているそうだ。

マスクを外すとやっと新鮮な空気を肺に取り込むことができた。鉄製のドアをノックしようとした時だった。

「詩音」

私の名前を呼ぶ声が聞こえ、思わず体が跳ねてしまった。

ここでの活動に参加していることは親しか知らない。気づかないフリで中に入ればいいのに、思わずふり向いてしまった。

流れる人の波の中、首をかしげて立っていたのは――諒だった。

白いTシャツにグレーのズボンを穿いた諒は、初めて会った時と同じようにうれしそうに笑っている。

「やっぱり詩音だ。学校と雰囲気違うから人違いかと思った」

「あ……」

手に持ったままのマスクを慌ててかけようとして、あきらめる。

チラシを背中に隠した。

頭の中で常に用意している言い訳を思い出す。

――親戚の人に頼まれて手伝ってるの。

――普段は親が手伝っているんだけど、代打を頼まれちゃって。

どの回答がベストなのかを考えている間に、通行人の邪魔にならないように諒が壁に背中を預けた。さりげなくチラシをスカートのポケットに押しこむ。

「よかった。この間のこと気になってたんだ」

通行人を眺めながら諒がそう言った。モヤッとした気持ちが胸の中で生まれるのがわかった。

『やっと会えたね』『自分の気持ち、ごまかしているでしょ？』

前に言われた言葉を今日までずっと引きずってきた。諒にはわからない。明るくてクラスにも打ち解けて、心も体も元気な諒には絶対にわからないこと。

「私、本当はね……」

にごった言葉がこぼれても、もう止めたりはしない。

「人と関わるのが苦手なの。だから——ごめん」

ドアを開いて逃げるように中に入った。

ガシャンと扉の閉まる音が、やけに大きく響いた。

2　星に願いを

弧を描いたバレーボールが、体育館の床に跳ねた。

体育の先生がホイッスルを鳴らし、その音がこだまする。

取り損ねた男子のつま先に当たったボールが、壁際まで転がってきた。手を伸ばそうとする前に、コートの中から「ごめーん」と理菜が駆けてきた。

「もう最悪。マジでうちのチーム弱すぎ」

私の耳元でそう言うと、理菜は相手チームにボールを投げた。

「ハナ、ドンマイ」

相手チームからのかけ声に、

「理菜、って呼んでってば！」

あだ名を訂正しながら理菜は仲間の輪に戻っていく。

体育の授業には出たことがない。えんじ色の体操服には毎回着替えるけれど、こうして座って見ているだけ。

この高校は男女共修なので、体育の授業も一緒だ。六月からは男女混合チームを作り、バレーボールをしている。先週から試合をしていて、今は三位決定戦。理菜のチームは今のところ一点しか取れていない。

残りのチームは体育館のもう半分を使い、レシーブやアタックの練習をしている。

パチン、パチン。ボールの弾ける音が、天井に当たる雨の音と重なり音楽のように耳に届く。

理菜の打ったアタックが相手チームのコートギリギリに落ちた。ハイタッチする理菜が、いつもよりも遠くに感じた。

①　親友と呼べる人をつくりたい
②　思いっきりスポーツをしたい

ノートに書いた願いごとは、まだ叶えられていない。行動に移せていないから仕方ないし、そもそも運動が制限されている私にはどうしようもないこと。

「どっちもがんばれ！　声出していこー！」

練習を終えたらしい諒が、口元に手を当てて応援している。彼はすっかりクラスに馴染んでいる。

あの駅で会ってから一カ月が過ぎた。あんなひどいことを言ったのに、諒は気にした様子もなく話しかけてくる。でも、まるで話してはいけないゲームでもしているかのように、モゴモゴ口ごもってその場をあとにしてしまった。距離を詰められると、近づきたい気持ちよりも遠ざかりたい気持ちが勝ってしまう。

私の態度はまわりにもバレバレのようで、理菜からも『やさしくしてあげたら』と言われる始末。

あ、諒と目が合ってしまった。口をパカッと開けて笑うから、私は目を逸らすしかなくなる。

別に彼を好きになったわけじゃない。むしろ、余計な問題に巻きこまれた気分だ。

私のことなんてなにも知らないくせに、どうしてあんなことを――。

また考えてしまっていることに気づき、試合に意識を戻すのと同時にホイッスルが鳴った。

「あー疲れた。惨敗しちゃったよお」

半べそをかいた理菜が足を投げ出して座った。

「お疲れ様。大変だったね」

「あたしの身長がもう五センチ高かったら、いや、十センチ高かったらコテンパンにしてやれたのに」

本気で悔しがる理菜がうらやましい。思いっきりスポーツをできる力があれば、私もこんなふうに悔しい思いができるのに。

暗い感情を捨て去りたくて、

「でも理菜のアタックかっこよかった」

そう言うと、理菜はうれしそうにはにかんでくれた。

コートでは優勝決定戦がはじまっている。ネットの中央で諒がトスをあげた。芳川さんがピョンと跳ねて打ったボールは、鈍い音と一緒にあさっての方向に飛んでいった。

「ドンマイ！」

しょげる芳川さんを諒はなぐさめている。

「ねえ、詩音」

意識がそっちに向いていたことに気づき、慌てて顔を戻すと理菜は小首をかしげている。

「諒となにかあったの？」

「え……？」

「だって、最近ヘンじゃん。諒のことを避けているように見える」

諒と偶然会ったことは伝えていない。言えば、理菜のことだから妄想が暴走してしまいそうだから。

「理菜以外の人とはうまくしゃべれないんだもん。諒だって同じだよ」

「それならいいけどさ、なんかあったらいつでも相談してよね」

「うん、ありがとう」

いつか、理菜に病気のことを話せる日が来るのかな？　理菜なら受け入れてくれるような気もする。そういえば体調は最近安定している。今月の受診でも褒められるほどだった。

「前にも言ったけど、あたし詩音とデートしてみたいなあ。夏休みになったらふたりで――」

言葉の途中で理菜が急に口を閉じた。いつの間にか、理菜の隣に森下さんが立っていた。

森下さんは黒髪をひとつに結び、黒ぶちメガネという絵にかいたような優等生で、クラス委員だけじゃなく生徒会の副会長も務めている。名前はたしか……。

「なによ亜実。急に立ってたらビックリするじゃん」

そうだ、亜実だ。

森下さんはメガネを人差し指で持ちあげると、その指をコートに向けた。

「花田（はなだ）さん、今は休憩中じゃありません。決勝戦の応援をしてください」

「今、試合が終わったところなんだよ。少しくらいいいじゃん」

顔色ひとつ変えずに、森下さんはきっぱりと首を横にふった。

「よくありません。体育科の目的のひとつに、仲間と協力する、自分の責任を果たすなど、協力、責任に関する態度を――」

「わかったって。戻ればいいんでしょ！」

慌てて応援席に戻る理菜を見送ってもなお、森下さんは私のそばを離れない。メガネ越しの瞳が冷たく感じた。

「あなたも見学しているなら応援くらいしてください」

「……ごめんなさい」

謝る私を一瞥（いちべつ）し、森下さんは壁際ではしゃいでいる男子に向かっていく。注意された男子たちが「んだよ」と文句を吐き散らしていく。

タン！　と音がしてコートに目を向けると、諒が高く跳躍していた。宙で止まったかのように見えた次の瞬間、諒の打ったボールが相手コートの真ん中で跳ねた。

ホイッスルの音と歓声が響き渡り、チームメイトが彼のもとへ走り寄る。くしゃくしゃに髪をいじられた諒は、ひまわりみたいな笑顔を咲かせている。

私は逆に、消えてなくなりたくなる。


六月がいちばん好きな季節になったのはいつからだろう。

雨のおかげでカサに隠れられるし、クラスメイトに会っても気づかれずに済むから。

バスで帰る理菜と別れ、駅へ続く道を歩く。

最近は体調が安定している。頭痛やめまいも、家にいる時くらいしか起きていない。

でも、六月が終われば夏が来てしまう。

『余命は、早ければ五年くらいかもしれません』

医師の言葉をもう何百回、何千回とリピートしてきただろう。

「はあ」と息を吐き、大通りを走る車を眺めた。

景色のすき間を埋めるような雨が、街の温度を下げている。足元で躍る雨粒はすぐにくだけ、なだらかな坂道を流れていく。

駅に吸いこまれていくカサを横目に大通りを直進していくと、横断歩道の手前に透明のカサを差す男子生徒が立っていた。雨を読むように空を見つめている横顔。

もう驚かない。諒だ。

口元に笑みを浮かべ空に目を向けているけれど、カサの位置がうしろに行き過ぎていて雨が顔にかかっている。

……どうしよう。

諒に冷たい態度を何回か取ってしまっている。そのあとは、罪悪感にさいなまれることのくり返し。

もう一度、きちんと話をしよう。話すのが苦手なことを理解してもらおう。

意を決して早足で背中に近づく。

声をかける一秒前まで、揺るがないほどの強い決意だった。

「諒」

「うわ！」

声をあげて諒がふり向いた。前髪から、雨の滴が二粒落ちるのが見えた。

「え、詩音……？」

「ごめん。見かけたから……。あの、ちょっと話をしてもいい？」

私の声が聞こえていないのか、諒はこちらを向いたままフリーズしてしまった。

雨が私たちを包みこむように降り注いでいる。

「よかった」

長い沈黙のあと、諒がつぶやいた。

「今日学校に来てよかった。まさか詩音から話しかけてくれるなんて」

「そんな大げさなことじゃないでしょ」

意図せず、軽い言葉が口からこぼれた。諒はそんな私に、くしゃっと顔をほころばせた。

「いや、嫌われてるかもって落ちこんでたんだよ。話しかけると困った顔してたから」

「ごめんなさい。そのことなんだけどね――」

言いかけたとたん、諒はガードするようにカサで顔を隠した。透明のカサなのに気づいたらしく、しまったと悔しそうな表情になる。

「ネガティブなこと言われそうだから隠れようとしたのに……」

下唇をつき出した諒に、私は伝える。

「前も言ったと思うけど、私、人と話をするのが苦手なの」

観念したように諒は、

「うん」

とうなずいた。

「前に『自分の気持ちを隠してる』って言われたよね？」

「うん」

「たぶん、自分の気持ちをうまく言葉にできないのもあって――」

「ＬＩＮＥの交換しよ？」

思わずガクッと崩れそうになった。いいことを思いついたみたいに、諒は目を開いて同意を求めてくる。

「あの……私の話、聞いてた？」

「話をするのが苦手ならメッセージでもいいし。でも、俺から見ると、ちゃんと話せてると思うよ」

そういう意味じゃなくて……。なんだか諒といると調子が狂うことばかり。

けれど、嫌な感情は湧いてこない。私が難病であることを知らない彼に怒るのは筋違いだろうと思うし。

諒は急にカサを持っていないほうの手で頭をポリポリとかいた。

「俺、また詩音を困らせてるのかな」

「そうだね。すごく困ってる」

不思議と素直な気持ちが言葉になった。

「俺さ、実は転校初日はガチガチに緊張してたんだ」

「え、あれで？」

「言われると思った。緊張すると逆に口が勝手にしゃべり出しちゃうんだよな。だから、あの日の記憶ってあんまりないんだよ」

そう言えば、初めて話した時も『やっと会えたね』と言っていたっけ。

「でもさ、最初の一歩は怖いけど、踏み出してみると案外うまくいくこともあるんだなと思って。詩音もさ、試してみる価値はあるんじゃないかな」

「……試す、ってなにを？」

彼の周りに降る雨がやわらかく見えた。

「友だちになろう。教室で普通に話したりしたい。ということで、ＬＩＮＥ交換しよう」

あくまでもことを進めようとする諒に、「え、え？」と動揺を隠せない。

太陽みたいな諒と仲良くなったら、嫌でも自分の病気を思い知ることになる。これまでも健康な人との差を目の当たりにしてきたし、病気が完治しないことも理解している。

この世に神様はいないし、奇跡だって起こらない。

だけど、さっきの決意はもう風船がしぼむように小さくなっているし、諒とは不思議と会話も途切れない。

「でも、友だちになるのを試すってヘンじゃない？」

そう言いながら自分が笑っていることに気づいた。

「ほんとだ。でも、お試し期間っておもしろくない？　二学期がはじまるまでやってみようよ」

　クスクス笑う諒につられるように気持ちに日が差している気がした。

　ＬＩＮＥのＩＤ交換をしているうちに、雨がやんだらしい。視線の高さに見える雲の切れ間から、オレンジ色の夕日がわずかに見えた。

「そういえばさ」と、諒がスマホをポケットにしまった。

「昔から行ってみたい場所があるんだよね」

　私の家とは逆の方角を見つめる諒に、嫌な予感がした。そっちにあるのは……。

「楠宮(くすみや)神社ってとこ。もうすぐ七夕(たなばた)まつりがあるよね？　俺、七夕まつりの直前に転校したせいでずっと参加できていないんだよ。七日、一緒に行こうよ」

　高校の近くにある楠宮神社では、毎年七月に七夕まつりが開催される。出店が並び、最後は小規模ながら花火が打ちあがるので、毎年地元のニュースで紹介されるほどの人気だ。今年は七日の日曜日に開催される。

「え……でも」

「理菜も誘って三人で行くのはどう？」

　そういうことじゃなくて……。私の病気は菌(きん)に感染することを避けなくてはならない。熱が出てしまったら抗生物質を投与しても、なかなか下がらないことが多いから。

「人が多いところは苦手なんだよね」

ちゃんと気持ちを伝えたのに、諒はどこ吹く風。

「俺がいるから平気だって」

自信ありげに笑っている。

太陽は遠くにあるからこそ、心地よくいられる。近づきすぎると、その熱で焼かれてしまう。

諒との距離が近づくにつれ、自分が自分でなくなるみたいで怖かった。

「ちょっと考えさせて」

なんとかそう言うと、諒は少しさみしげにうなずいてくれた。

マンションのドアを開けると、見慣れた革靴があった。大きくて真っ黒なスニーカーは、先っぽが今にも破れてしまいそうなほどボロボロ。昔から奏くんが履いているものだ。

リビングでは、お父さんと奏くんがふたり並んでテレビを観ていた。

「お帰り」

お母さんが揚げ物をしながら言った。

「ただいま。って、奏くん、また映画を観に来たの？」

奏くんは彼女である美沙希さんと近所のアパートに住んでいる。テレビはあるけれど動画配信のサブスクに登録していないので、観たい作品があると我が家に押しかけてくる。とはいえ、お父さんもお母さんも奏くんが来るのを楽しみにしている節はあるけれど。

「今日から新作がはじまってさ。あと一時間は占領させてもらうからよろしく」

画面から目を離さずに奏くんは言った。お父さんは早あがりだったのだろう、すでにお風呂も済ませたらしくパジャマに着替えている。

チャイムが鳴ったのでドアを開けると、美沙希さんがケーキの箱を持って立っていた。仕事帰りなのだろう、長い髪をうしろで結び、紺色のスーツがかっこいい。

「ごめんね。奏のやつ、またお邪魔してるみたいで」

「全然いいよ。私、テレビ観ないし」

「私までお呼ばれしちゃって申し訳ない。お邪魔するね。こら、奏！」

パンプスを脱ぎ、美沙希さんはズカズカと入っていく。奏くんより五歳年上の二十五歳。すでに姉さん女房の片鱗が見えまくっている。

部屋で着替えをしているうちに、また頭痛がはじまるのがわかった。じんわりとした痛みが、脈を打つように続いている。

諒といる時は感じなかったのにな……。

スウェットに着替えてリビングに顔を出すと、美沙希さんが配膳の手伝いをしていた。

「こらあ、ふたりともご飯できるよ。先に食べてから観なさい」

美沙希さんの声に、男性陣は素直に映画を一時停止した。画面には私の知らないハリウッド女優の美しい顔がアップで映し出されている。

「なんか顔色いいな」

席につき、いただきますも言わずにハンバーグを頬張る奏くん。

返事をする前にお父さんが「えっ⁉」と奏くんに身を乗り出す。

「奏くんもそう思ってた？　俺も同じことを思ってたんだよ」

「検査結果もいいんですか？」

「前回はすごくよかった。次の検査も大丈夫そうだな、詩音？」

ふたりの視線が揃ってこっちに向き、あいまいにうなずきを返した。

食卓での話題が、私の体調にかたよるのは仕方ないけれど、毎回審査されている気になってしまう。奏くんとお父さんが揃うとなおさらだ。

「でもさ」とお父さんが声のトーンを少し落とした。

「今後のためにも奏くん、ドナー登録者数が増えるようにがんばってくれよ」

「がんばってますって。八月にはでっかいイベントもありますからね。ただ、関心が低い現状を変えないと、登録者数を増やすことは難しいんすよ。詩音に適合するドナーも見つけないとな」

　美沙希さんが取りわけたサラダの皿を奏くんに渡した。

「奏、そういう話題をしないように何度も言ってるよね？」

　やわらかい注意に、奏くんはムッとした表情になる。

「なんでだよ。俺たちはただ、心配してるだけ。ですよね？」

「そうだそうだ」

　奏くんとお父さんチームの反論に、お母さんが背筋をグイッと伸ばした。異変に気づいたお父さんがハッと口を閉じた。

「お父さん、奏くん、映画を観たいのよね？　だったら黙って食べなさい」

「あ、はい……」

　叱られた子犬みたいな奏くんを見て、お母さんと美沙希さんが目を合わせてほほ笑む。ふたりのチームのほうが何倍も強いってことだ。

「奏くん、八月のイベントって何日だっけ？」

　たしか、月末の土曜日だったはず。私の問いに、奏くんは肩をすぼめたまま「三十一日」と答えた。じりっと胸に痛みが走る。

イヤな予感をお茶で流しこむと、昼間は感じなかった頭痛が生まれている。

お父さんと奏くんは食べ終わるや否やそそくさとソファに戻り、映画の続きを観はじめた。画面では、女優さんが相手役の俳優に抱きしめられている。残り時間から考えると、まだここから一波乱ありそうな展開だ。

ドラマも映画も観なくなった。病気を扱った作品は自分に重ねてしまうし、元気な主人公なら逆にうらやましくなってしまうから。

お母さんがお風呂に行き、美沙希さんと並んで洗い物をする。

スポンジの泡をくしゅくしゅと大きくしながら美沙希さんが謝ってきた。

「奏のやつ、ずうずうしくてごめんね」

奏くんがお兄ちゃんなら、美沙希さんはお姉ちゃんのような存在だ。映画の音が壁になり、私たちの会話はソファのふたりには届いていない。

泡に包まれたお皿を水で流し、水切りかごに入れた。

「別に大丈夫だよ。美紗希さんは映画観なくていいの？」

「ああいうアクション映画って苦手。私はホラー映画専門なの」

笑ったあと美沙希さんが、「奏ってさ」と続けた。

「本気でヒーローにあこがれてるんだよね。『誰かを守って死ねるなら本望だ』ってよく言ってる」

「だね。そういうところはカッコいいって思うよ」

そう言うと、美沙希さんはおかしそうに笑った。

「そういうところは、って」

「あ……そういうところも、だった」

ふたりは『NPO法人メシア』で出会ったそうだ。美沙希さんは大学生の時からボランティアとして参加していて、社会人になってからはイベントに顔を出す程度。出会った当時、高校生だった奏くんは片想いを募らせ、『メシア』に入職すると同時に告白をしたと聞いている。つき合って二年半、同居して一年が経つそうだ。

私も恋愛をしてみたいけど、自分のことで毎日が精いっぱい。そんな余裕はないし、長く生きられない私のことを好きになる人なんてきっといない。

願いごとノートの五番目に書いた『恋をしてデートをしてみたい』が叶う日はきっとこないだろう。

「奏くんは幸せだよね。美沙希さんみたいな彼女がいて」

奏くんが活動に専念できるのは美沙希さんが支えているからだと思う。

「……そんなことないよ」

いくつものお皿を泡で満たしながら美沙希さんは答えた。声のトーンがいつもより低い気がした。見ると、徐々に花がしおれるように美沙希さんはうつむいていく。

「あ？　ごめん」

美沙希さんがハッとしたように首を横にふった。が、無理に作った笑顔はすぐに枯れてしまう。

「……なにかあったの？」

いつもしっかり者でハキハキとなんでも口にする美沙希さんらしくない。イヤな予感が足元から這いあがってくる。

迷うように首を横にふったあと、美沙希さんは「ふう」とため息を声にした。

「このことは、おじさんとおばさんにはまだ内緒にしてほしいんだけど……。今日ここに来たのは、詩音ちゃんに話したいことがあったからなの」

声を潜ませた美沙希さんが、テレビを観るふたりの背中を見た。横顔に悲しみが見えた気がして、手元に視線を落とした。

「実は、奏と別れることになったの」

「……え？」

思いもよらぬ言葉に、聞き間違いかと思い水道の蛇口を止める。

ぽつんぽつんと、シンクに落ちる滴(しずく)の音に、

「何度も話し合いをして決めたことなの」

美沙希さんの声が重なった。

「ちょっと待って。え……本当に？」

「こら。声が大きいよ」

ハッと見ると、ふたりはアクションシーンを観ながら「よし！」「行け！」と応援するのに必死な様子。信じられない気持ちで美沙希さんを見る。

「私ね、九月に転勤することになったんだ。千葉県にある支社への転勤だから通えないことはないんだけど、これまでみたいに『メシア』の活動に参加できなくなるの」

そう言ったあと「違う」と美沙希さんは首を横にふった。

「これは言い訳だね。別れを決めたのはふたり同時だったと思う。たぶん、気がつかないうちに心が離れてしまったんだよ。私も、奏も」

思わず唇を噛(か)みしめた。

ずっとふたりは一緒だと信じていた。それがまさか別れることになるなんて……。

「もう決めたことなの？　諒くんも納得してるの？」

「そんな顔しないで。円満失恋だから、ふたりとも納得してるの。これからもたまにふた

りで遊びに来るから」

美沙希さんはそう言ってくれたけれど、きっともう会えなくなる。その予感が輪郭(りんかく)を濃くしているのがわかる。

「すげえ展開！」

奏くんがテレビを観てあげる雄(お)たけびが、むなしくリビングに響いた。


七夕まつりに参加するのは、発病して以来久々のことだった。

オレンジ色の照明に照らされ、楠宮神社が浮かんでいるように見える。なだらかな参道の両端に、たこ焼きやリンゴ飴(あめ)の出店が並び、たくさんの人が行き交っている。

甘い香りが参道の入り口にまで漂ってきて、小学生の頃にお母さんとふたりで来た記憶をよみがえらせる。

まさか自分が難病を発症するとは思ってもいなかったあの頃。もう二度と同じ笑顔は作れないんだろうな、とさみしくなる。けれど、再訪できたよろこびも大きい。

さっきから理菜はずっとはしゃいでいる。

「詩音からデートに誘われるなんてうれしすぎる！　……まあ、邪魔者はひとりいるけど」

「俺だって詩音の友だちになったんだからいいだろ」

「なに言ってんの。お試し期間中ってことは詩音から聞いてるんだからね。でもまあ、あたしはやさしいから、特別に許してあげる」

理菜と諒が私を挟む形で、参道の入り口に立っている。

七夕まつりに参加できることになったのは、おかしな言い方だけど奏くんと美沙希さんのおかげだ。ふたりが別れることを聞いて以来、落ちこむ私を見かねてお母さんが言ってくれたのだ。

『体調もいいし、七夕まつりにでも行ってみたら？』と。

浴衣（ゆかた）姿で外を歩くなんて、どれくらいぶりだろう？

理菜はあじさい柄で、私は金魚柄の浴衣を着ている。当然マスクはつけているし、手指消毒と喉（のど）の殺菌（さっきん）スプレーもいつでも取り出せるようにポーチに入っている。

「詩音は人ごみダメだもんね。あたし、色々買ってくるからここで待ってて。人のいないところで花火を見よう。なにかリクエストある？」

「大丈夫。理菜の食べたいものでいいよ」

そういう私に理菜は「ああ！」と嘆（なげ）くフリをした。

「せっかく一緒に来たのに、あたしの友だちはリクエストすらしてくれないなんて……！」

「じゃあ、ひとつだけリクエストしていい？　昔、ここでワッフルを食べたの。もしまだあったら、食べたいな」

「屋台でワッフル……」

眉をひそめた理菜。自分でもおかしいと思ったけれど、親にねだって買ってもらったのは記憶違いじゃない。バターの芳醇なかおりと、カリッとした砂糖がかたまった部分が好きだった。

「探してみるよ。あとはたこ焼きとフライドポテト。綿菓子もいいね。ほら、諒も買いに行くよ」

大きなエコバッグを広げ、理菜は出店に向かって小走りで駆けていく。諒は……まだ私の隣にいる。

「記憶にあるよりも小さいまつりだったよ。でも、趣があっていいね」

感心したようにうなずく諒はTシャツとデニムを穿いている。

ここなら人も少ないからマスクを外しても平気だろう。

「留守番をしてるから、諒も行ってくれていいよ」

マスクを取りながらそう言った。諒にも七夕まつりを楽しんでもらいたかったから。

「そうだね」

と言いながら、諒は腰の高さの石垣にひょいと座った。どうやら動く気はないらしい。

「それより、どうして元気がないのか聞かせて」

「え？」

「ここんところ、ずっと落ちこんでいるから。なにかあったんだよね？」

理菜にしても諒にしても、私のちょっとした変化を見逃さない。

「そんなに私ってわかりやすいのかな」

「詩音のことをそれだけ気にしているってことだよ」

最近では諒のこういうセリフにも慣れてしまった。少し離れた場所にハンカチを置き、腰をおろした。

遠くから太鼓や笛の音色が風に乗って耳に届く。空には今にも消えそうなほど細い月が浮かんでいて、ちぎれた雲が流れている。織姫と彦星も無事に会えていることだろう。

参道を腕を組んだ若いカップルが歩いていく。奏くんと美沙希さんに似ているように見え、胸がちくりと痛んだ。

「友だちのカップルが別れちゃったの。お互いに話し合って決めたことらしいんだけど、結婚すると思っていたからショックなんだよね」

あれから奏くんと美沙希さんには会えていない。お父さんとお母さんによると、美沙希さんはアパートをすでに出てしまったそうだ。

今でもわからない。ふたりの心はいつから離れてしまったの？　なにがきっかけで？

永遠に続くと思っていたから、そのぶんショックが大きくて……。

「人はさ――」

秒ごと闇に沈んでいく夜の中で、諒がつぶやいた。

「お互いに必要だと感じた時に出逢って、結ばれるものじゃないかな。別れるのも同じでさ、ふたりが選んだ答えならそれが正解だと思うけどな」

そう言えば、帰り際のふたりは重荷を下ろしたように晴れやかな笑顔だったっけ……。

諒の言葉が心のモヤモヤを薄くしていくよう。

「ふたりは恋人でいる役目を終えたんだね」

「ふたりが選んだ道を応援してあげたなら、その友だちも心強いと思うよ」

暗がりのなか、諒の言葉が魔法のように心の鎖をほどいていく。少しだけ息がしやすくなった気がした。

「そっか。諒の言っていること、わかる気がする」

「へへ」と、丸い声が耳に届いた。

今度奏くんに会ったら責めてしまうところだった。ふたりの関係はふたりにしかわからないことなんだ、と空を見あげた。この辺りは暗いけれど、東京の街を星は好まない。申し訳程度に光る星を見つめた。

ふいに諒が私の視界に入るように上半身を折って顔を覗きこんできた。

「七夕って織姫と彦星に願いごとをするよね？」

「昔はよくしてたよ。ほら、七夕の日って曇りとか雨の時が多いでしょう？　だから、織姫様たちが困らないように短冊に『晴れますように』って書いてた」

「え、マジで？」

諒は心底驚いたように目を丸くしている。またおかしなことを言ったのかな……？

「詩音は、織姫と彦星が会えるように願ってたってこと？　それじゃあ、自分の願いごとじゃないだろ」

「だって会ったこともないふたりにお願いごとをするのもおかしいと思って。私たちの願いごとを叶えてたら、ふたりが会う時間がなくなっちゃいそうで……」

そこまで言って、「そっか」とうつむいた。

「ヘンかな？」

「いや、やっぱりやさしいな、って感心してるところ」

本当に？　とチラッと諒を見ると、私に見えるように大きくうなずいてくれた。不思議だ。諒とこんなふうに話ができるなんて。

「じゃあ、詩音の本当の願いごとを聞かせて」

祭囃子をBGMにして、諒がそう言った。

願いごとノートが頭に浮かんだけれど、恥ずかしくて言えるはずもない。

「どうだろう。子どものころにノートに書いたことはあるけど、いくつもあるから叶えるのに何年もかかっちゃうんだよね……」

「試しにひとつだけ言ってみてよ」

「またお試しってこと？」

軽い口調を意識しても、浴衣の襟元が汗ばんでいるのがわかる。諒なら叶えてくれるのかも、と思う気持ちがどんどん大きくなっていく。

「……なんでも話せる親友がほしい」

ひとつ目の願いごとが、意識せずこぼれてしまった。慌てて「違う」とすぐに取り消す。諒のことだから、『じゃあ俺と親友に』とでも言い出しそうだ。

予想に反して諒は、なぜか満足そうにうなずき、光のあるほうへ顔を向けた。屋台から漏(も)れるオレンジ色の光が、彼の横顔を照らしている。

「自分の気持ちを言葉にするのってすごく勇気がいることだよね。だけど、嘘やごまかしじゃなく、本当の気持ちを話せば友だちにも絶対伝わるはず」

「でも……」

「理菜はいいやつだよ」

「え?」

理菜の名前を出していないのに諒はそう言った。私の気持ちを見透してるみたいだ。

「……うん。だからこそ勇気が出ないんだよ」

昔のように、また避けられたらどうしよう。

「理菜なら絶対にわかってくれるから。俺が保証する。だって詩音のためにいつも全力で走ってるだろ?」

諒の視線の先をたどると、屋台の人をすり抜け、理菜がエコバッグを揺らして駆けてくるのが見えた。

下駄(げた)が歩きづらいと言っていたのに、私のためにあんなに必死に……。

私を見て大きく口を開けて笑った理菜が、諒に気づき「うえっ」とヘンな声をあげた。

「ちょっと! なんで諒が先に戻ってるのよ。って、あれ? なんにも買ってないじゃん。

たこ焼きは諒が買うと思ってたからパスしたんですけど」

はあはあと息を切らせながら文句を並べる理菜に、諒は両手を合わせた。

「ごめんごめん。ちょっと急用ができて帰ることになったんだ」

「え？」

驚く私に目くばせをして諒はスクッと立ち上がった。

「詩音が理菜に話したいことがあるんだって。てことであとは頼んだ」

そう言うと、諒は背を向けて歩き出してしまう。

「なによあれ……。せっかくたくさん買ってきたのにさ」

「あ……うん」

諒はなぜあんなことを言ったの？　願いごとを叶えるための状況を作ってくれた。そういうこと……？

私の様子がおかしいことに気づいたのだろう、理菜が隣にサッと腰を下ろし、顔を覗きこんできた。エコバッグからワッフルの甘いかおりが漂ってくる。

「話したいことってなに？」

「あ、別になんでも……ない」

そう言ったとたん、

「ひどい！」

理菜が眉を逆立てて怒り出した。

「諒には話せるのにあたしには話せないってことなの!?」

「ちが……聞いて。諒にも話してないって」

恨めしく諒のいなくなったあたりをにらむけれど、その姿はとっくに夜と人波に消えてしまっている。

「あたしと諒は同じくらいのレベルってことなんだね。あたしは詩音になんでも話しているのに……」

この世の終わりかのように、今度は眉をハの字に下げて嘆いている。

ずっと誰かに病気のことを言いたかった。話してしまったら避けられるかもという恐怖はあるけれど、なんでも話せる親友をと願っているのは私自身だ。

「あのね……」

そう言ってから一度グッと口を閉じた。沈黙の中、理菜は辛抱強く待っていてくれた。

願いごとを叶えるには、ただ願うためじゃダメ。叶えるためには自分を変えるしかない。

「理菜に話したいことがあるの。ずっと話したくて、だけど言えなかったこと」

「……聞かせて」

居住まいを正した理菜から目を逸らし、私は暗い地面を見つめた。そうしないと、言葉が出てきそうになかったから。

「私、体が弱いでしょう？　本当は、私の持病って……難病なんだ」

「え……」

「中一の夏に診断を受けたの。血液の栄養が減少していく病気で、最近は安定しているけれど、治ることのない病気。貧血を起こしたり、風邪とかのウイルスに感染すると治りにくいし、頭痛や鼻血もあって……長く生きられないかもしれないの」

不思議だった。話すそばからもっと知ってほしいという気持ちがあふれている。

諒が言ったように、理菜ならきっとわかってくれると信じている自分がいる。

「理菜にはずっと話したかった。だけど、言ってしまったら今より気を遣わせてしまうし、ほかの人と同じように、私から遠ざかっていく気がして――」

「バカ！」

叫ぶように言ったあと、理菜は私の手をギュッと握った。

「なんであたしが詩音から離れるのよ。そんなこと絶対にないんだから！」

「うん」

「ほかの子がどんな態度を取ったか知らないけど一緒にしないでよね。あたしは、あたしは……」

　声が震えるのと同時に、理菜の瞳から涙がひと粒こぼれ落ちるのがわかった。

「詩音の病気をわかってあげられなかった自分が悔しい」

「違うよ。私に話す勇気がなかったから……」

　ああ、やっと理菜に話すことができた。ホッとすると同時に視界が一気に潤んだ。もっと早く話すこともできたと思う。だけど、すべてのことに意味があるのなら、今こそが理菜に告白すべきタイミングだったのかもしれない。

　諒が私に教えてくれたこと。諒が叶えてくれた願いごと。

「ずっと悩んでいたんだね。病気のことを知られたら、みんなが気を遣うから言えなかったんだね」

　もう理菜はボロボロと涙をこぼしている。そんな理菜に私も涙が止まらない。

「ごめん。ごめんね……」

「あたしこそごめん。でも、この涙は半分以上、うれし涙なんだよ。詩音があたしに話してくれたことがうれしい」

　ふたりで手を取り合い、私たちは泣き続けた。

　ようやく涙が枯れた頃になり、空に小さな花火が打ちあがった。あまりにも数が少なすぎて、ふたりで顔を見合わせて笑った。

一緒に食べたワッフルは、涙味だった。


期末テストの最終日は半日で終わった。

『メシア』の事務所はコンビニだったテナントを再利用して使っている。やたら駐車場は広いのに、停まっているのは軽自動車が一台と奏くんのバイクだけだ。

元々少ないスタッフしかいないし、メインはボランティアのスタッフに頼っている。理事長の仲田さんなんて、イベントの時くらいしか見かけないし。

事務所に入ると、カウンターに老夫婦が座っていた。向かい側の奏くんが私に気づき軽くうなずいた。カウンターの奥に進み、スタッフ用のデスクに向かう。

「それでね」と老夫婦の奥さんのほうが旦那さんを見やった。

「この人も数年前に定年を迎えたし、夫婦で世間様のお役に立ちたいと思ったのよ。なにかできないか探していたわけ」

「そうでしたか」

うしろ姿なので見えないけれど、奏くんは必死で笑顔を貼りつけているんだろうな。

デスクの上に置かれた『八月イベント企画』と書かれた資料をめくる。企画概要がイラスト中心にまとめてあるけれど、文字での説明が少ないのでよくわからない。

奏くんの作る企画書はいつもこんな感じだ。

「ドナー登録のＣＭを見てハッとしたのよ。もし適合する人がいらっしゃれば、私たちでも役に立つんじゃないかって」

こういう人が増えれば、登録者数も増えていくだろう。けれど、ふたりが登録できないことを私は知っている。

「ありがとうございます。ですが――」

奏くんは頭を下げると、サイドに置いてあるラミネートされた大判の資料をふたりの前に置いた。

「骨髄バンクの登録には、ご提供いただく方の安全を守るために十八歳以上五十四歳以下という年齢制限が設けてあります。ご主人様が六十八歳、奥様が六十七歳ですので、残念ながらご登録いただくことができないんです」

「え!?　年齢制限なんてＣＭで言ってなかったわよ。ねえ?」

「ああ」

表情を曇らせる老夫婦。ＣＭにはきちんと年齢制限について書いてあるが見落としたのだろう。

「お気持ちに心から感謝いたします」

再び頭を下げる奏くんに、奥さんはガックリと肩を落とした。

「そうだったのね。すごく残念だわ……。わかりました」

ドアが開き、サラリーマンらしき男性が入ってきた。奏くんはもう一度頭を下げると、男性を奥のカウンターに案内した。

「ほら見ろ。お前がちゃんと確認しないから恥をかいたじゃないか」

「だって年齢制限なんて知らなかったんだもの」

「だいたいお前はいつもそうなんだ。ちょっと調べればわかることだろ」

席に座ったままの老夫婦は、険悪な雰囲気へと変わっていく。

どうしようか……。普段は出しゃばったことをしない。だって私はボランティアスタッフであるお母さんの手伝いをしているだけだから。

けれど、最近の私は絶好調だ。学校にいる時の体調は安定しているし、理菜とも前より仲良くなれた。期末テストの手ごたえも少しはある。

自分以外の人のことを考える余裕を持てたのなんて、いつぶりだろう。

「失礼します」

老夫婦の前に座る私に、奥さんのほうが目を丸くして制服に目をやった。

「ここは高校生も働いていらっしゃるの？」

「いえ、私はボランティアスタッフの手伝いをしています。浅倉詩音と申します。お話が聞こえてきたもので……」

「そうなのよ。あの人に年齢がダメだって言われたのよ」

声を潜め、男性客に説明をしている奏くんのほうを見る奥さん。

「残念ながら決まりですので……」

「あなただって十八にはなってないんでしょう？　だったらなんでお手伝いなんてしているの？」

「紛らわしいことをするから俺たちみたいに勘違いする人が出てくる」

ふたりは断られた怒りを私にぶつけることにしたらしい。これまで自分のことを知らない人に話したことがなかったけれど、今なら言えるかもしれない。

スッと息を吸ってから姿勢を正した。

「難病なんです。いずれ、私もドナー提供を受けなくてはならないかもしれません」

「え……」

ハッとした奥さんに、小さく首をふった。

「今は大丈夫なんです。学校にも通えていますし」

「そう……。大変なのね」

神妙な顔になる奥さんの隣で、ご主人も言葉を失ったように口を開けている。

「おふたりのように行動に移してもらえることが、本当にうれしいんです。お子様はいらっしゃいますか？」

「息子がひとり。孫は三人います」

「年齢制限にかからない方がいればぜひご紹介ください。それが無理でも、たとえば誰かに話をするだけでも助かります。小さなことの積み重ねが、誰かの命を救うことにつながっていきます」

奏くんが横目で私を見ているのがわかった。

「ごめんなさいね、言いにくいことを言わせてしまって」

「いえ、大丈夫です」

けれど旦那さんのほうはまだ納得できないらしく、眉間のシワを取ってくれない。

「俺たちはもう用なしってことか」

と、ぼやいている。

「骨髄ドナーの提供はできませんが、臓器提供でしたら可能かもしれません。運転免許証やマイナンバーカードをお持ちでしたら、記載していただければ万が一の時に誰かの役に立てるかもしれません」

「臓器提供？　それって年齢制限はないのかしら」

奥さんが財布からマイナンバーカードを取り出した。下に小さく書かれている『臓器提供の意志について』と記された箇所を指さした。

「肺や腎臓は七十歳以下なら可能ですし、健康状態によってはそれ以上の方でも可能だそうですよ」

ほかにも意思表示カードやインターネットで意思を確認登録することが可能だ。納得してくれたのだろう、ふたりの表情がやわらかくなった。

「ありがとう。浅倉さん、あなたと話せてよかったわ」

「こちらこそありがとうございました」

ふたりを見送り、しばらくして男性客もパンフレットを手に出ていった。

「いや、驚いた。カウンターに立つなんて初めてだよな？」

デスクに戻った奏くんが、椅子に座るや否や尋ねてきた。

「誰かの役に立ちたいっていう気持ちがうれしかったから。少しでも内容を知ってもらえれば、巡り巡って登録してくれる人が現れるかもしれないでしょ」

「たしかにそうだよな」

「奏くんだって臓器提供の意思表示をしているんでしょう?」

「もちろん」と、奏くんはデスクの上に免許証、マイナンバーカード、意思表示カードを広げた。

「こんな俺でも誰かの役に立ちたいからさ。大事な物は財布に入れて、肌身離さず持ってる」

「だったら、私たちも臓器提供を推進している団体と協力して、お互いのパンフレットを配布してもいいんじゃないかな。そのほうが絶対に興味を持ってもらえると思う」

私のためじゃなく、今まさに必要としている人がたくさんいる。そう考えると、私ももっと活動に参加する機会を増やしてもいいのかもしれない。

真面目(まじめ)に考えているのに、なぜか奏くんは珍しく口元に笑みを浮かべている。なにかヘンなこと言ったのかな……?

「うれしいなあ」

「……なにが?」

「詩音って活動の手伝いをしてても、どっか他人(ひと)ごとみたいに見えてたからさ。でも今、『私たち』って言ったろ? ちゃんと団体の一員として考えてくれてたんだな、って」

言われて気づいた。これまでならさっきみたいな行動を選ばなかっただろう。

本当にうれしそうな奏くんに、私も自然に笑っていた。

「最近、体調がいいの。ほかのことを考える余裕ができたみたい」

「それはいいことだ。俺は自分のことで精いっぱいだけど」

そう言ったあと、奏くんは「悪かったな」と声を落とした。

「美沙希のことで心配かけて悪かった」

「奏くん、大丈夫なの？」

「大丈夫じゃない」

え、と固まる。が、次の瞬間、こらえきれないように噴き出す奏くん。

「嘘だって。話し合って決めたことだし、お互いにスッキリしてる。最後のほうは家でもあまりしゃべってなかったけど、近頃ではたまに電話し合ってるし」

「恋人としての役目を終え、離れる日が来たってこと？」

諒が言っていたことを尋ねると、奏くんは「ああ」と晴れやかな顔でうなずく。

「その言い方、かなり核心をついてる。美沙希には幸せになってほしいし、向こうもそうだと思う。俺たちは出会ったことに意味があったし、別れることにも同じくらい大切な意味があったんだよ」

私なら好きな人がいたら、ずっと一緒にいたいと思う。別れるくらいなら、最初から出会いたくなんかないよ。恋のことは、やっぱり私にはよくわからない。

ズキンと久しぶりに頭痛がはじまるのと同時に、なぜか諒の顔が浮かんだ。

彼は間接的に私の願いごとをひとつ叶えてくれた。自分の気持ちを言葉にすることが大切だとも教えてくれた。

「ねえ、奏くん」

「ん?」

「ヘンな話なんだけどね、夏の終わりに死んじゃう気がしてるの。直感っていうか、頭にこびりついている感じ」

てっきりバカにされると思ったのに、奏くんは頬の筋肉をキュッと引き締めた。しばらく黙ったあと、奏くんは「わかる」と言った。

「俺にもそういう予感みたいなのがあるよ」

「奏くんにも?」

手元にある企画書を愛おしそうに奏くんは眺めた。

「イベント前はいつもそんなことを思ってしまう。せめて八月の大規模キャンペーンが終わってから死にてえ」

なんだ。てっきり奏くんにもはっきりとした予感があるのかと思ってしまった。

企画書には大きく八月三十一日と書かれてある。

ガラス戸から強い日差しが降り注いでいた。今年初めて聞くセミの声が、遠くから聞こえる。

本格的に夏が来たんだな、と少しさみしくなった。

3　君に似ている

「この間はありがとう」

諒（りょう）にこの言葉を言うのに三日もかかってしまった。学校ではなかなかふたりきりになる機会が少ないから。ううん、これは言い訳だ。大事なことを伝えられない自分を変えたくて、トイレから出てきた諒を捕まえて伝えたのだ。

「最近の理菜（りな）を見ているとわかるよ。保護者から親友になったのが伝わってくる」

「諒のおかげで願いが叶ったよ」

昼休みの廊下（ろうか）は混んでいて、向き合う私たちを迷惑そうにほかのクラスの男子がすり抜けていく。

「まだ願いごとはいくつかあるんだよね？」

尋ねる諒に素直にうなずく。

「そうだね。でも、ひとつ叶っただけでうれしいよ」

自然と会話できていることに、私がいちばん驚いている。

「明日からは三連休、テストの返却が終わったら夏休み。願いごとを叶える時間はいくらでもあるよ」

諒のおかげでひとつ叶ったけれど、まだ願いごとは四つも残っている。八月末まであと約一か月半しかない。

ふたつめの願いごとは『思いっきりスポーツをしたい』だけど……。

「たぶん叶わないことだし、もう大丈夫だよ」

尻切れトンボでごにょごにょ言う私に、「ああ」と諒が低い天井に顔を向けて嘆く。

「お試し期間とはいえ友だちなのに、願いごとを教えてもらえないなんて」

「それ、おもしろがって言ってるんでしょ？」

「バレたか」

キヒヒと笑う諒を穏やかな気持ちで見ている自分がいる。

絶好調だった先日までと打って変わって、この数日は体調が悪い。だけど、不思議と今は平気だ。

「じゃあさ、お互いに願いごとを叶え合うのはどう？」

諒がいたずらっぽい目で聞いてくる。

「え、諒にも願いごとがあるの？」

「今のところはないけど、考えておくよ」

これまでは、自分のことで精いっぱいだった。理菜との距離を近づけてくれた諒のためにできることがあるなら、がんばってみようかな……。

「わかった」

「交渉成立だな。まずは詩音のふたつ目の願いごとを叶えよう」

屈託のない笑みを浮かべた諒が、私の右手をつかんだかと思うと歩き出した。向かっているのは私たちの教室――。

この状況はマズい。手をつないで教室に入るなんて、私なんかがしちゃいけない行為だ。

「待って待って！」

教室に入る直前で慌てて手をふり払う。既に握っていた手が汗ばんでいる。

「まだふたつ目の願いごと、教えてないけど」

「聞かなくてもわかる。スポーツをしたい、ってことだろ？」

この発言には驚くというより、ポカンとしてしまった。

「え……なんでわかったの？　私、なんにも言ってないよね？」

「いつも体育の授業を見学してる時にせつない顔をしてるから。きっとそうなんだろうな、って」

「諒って……名探偵みたいだね」

「この事件を解決する日は近い」

ニヤリと笑った諒が、教室の奥にいる理菜を手招きで呼んだ。

「なになに？」

イチゴミルクのブリックパックを手に理菜が駆けてくる。

「今度の日曜日って空いてる？」

それだけで伝わったのだろう、理菜がパアッと顔を輝かせた。

「朝から晩まで大丈夫。また詩音とデートできるんだね！」

「よろこんでいるところ悪いが、今回も俺、同伴するから」

平然と言ってのける諒に、理菜は不満そうに下唇を出した。

「友だちだから、ってこと？」

「そういうこと」

あっさりと諒は答えた。

「まあ、しょうがない。前回みたいに途中で帰ってくれてもいいからね」

「残念ながら最後までいる予定」

なんだかんだいって、ふたりはいいコンビだ。

「三人で遊ぶのはいいけど、なにするの？」

「思いっきりスポーツする予定」

諒の発言に、理菜が口を『え』の形にした。

「だって、それだと詩音が参加できないからダメじゃん」

「俺に任せておいて。服装だけど、スカートは避けたほうがいいだろう」

私に視線を送る諒が、目だけで『大丈夫』と言っているように感じた。

待ち合わせ場所を決め席に戻ると、

「浅倉さん」

森下さんがメガネをかけ直しながら近寄ってきた。理菜がなぜか私を背中に隠して立ち塞がる。

「亜実、なんか用？」

「浅倉さんにお話が……」

なんでもはっきり言う森下さんにしては、珍しく迷うように口にしている。

「あたしが聞くよ。で、なに？」

「あ……すみません。間違えました」

踵（きびす）を返し、森下さんは教室から出ていった。

「なによ、あの子。きっと遊びに行く話を聞いてたんだよ。休みの日になにしようがいいじゃんね」

「あ、うん……」

「それよりなに着ていくか決めようよ。双子コーデはどう？」

理菜は前と変わらずやさしく接してくれている。体調を気にしてくれるのも変わらない。病気のことを話せてよかったと毎日のように思っている。

とはいえ、さすがに思いっきりスポーツをすることなんてできない。雰囲気（ふんいき）だけでも楽しめたらいいな……。今度の日曜日が待ち遠しくなった。

夕食は険悪な雰囲気に包まれていた。

いつものように私の体調を心配するお父さんにお母さんが注意したところ、珍しく言い合いになってしまったのだ。

それ以来ふたりは黙りこみ、カレーライスをすくうスプーンのカチャカチャした音がやけに大きく聞こえる。

イヤだな、とひそかにため息をつく。私の話題が出ると、空気が悪くなることばかり。もっと違う話題で笑いたいのに……。

学校ではよかった体調も、帰宅途中に頭痛が顔を出し、今はめまいも少し。気をしっかり持っていないと視界まで揺れてしまいそう。

やっぱりスポーツをするなんて無理なんだろうな……。

「さっきの話だけど――」

十分ぶりくらいにお母さんが口を開いた。あと少しで食べ終わるから待っていてほしかった。それなら部屋に逃げられたのに。

「私が悪いって言いたいんですか？」

お母さんが敬語になるのは、本気で怒っている証拠。背筋を伸ばし、まっすぐにお父さんを見ている。

「悪いとは言ってない。だけど娘の体調を心配することをとがめられても困る」

いつもは謝りっぱなしのお父さんも、今日は引かないらしい。

「詩音がイヤな気持ちになるから言ってるだけです。そうよね？」

「違うよな？　だいたいお母さんは気にしなさすぎなんだよな？」

ふたりが答えを求めてくるのを見て、モヤモヤした感情がこみあげてきた。必死でこらえながら、あとひと口だけ残ったカレーライスに視線を落とす。

「詩音が困ってるじゃない。昔から無神経なのよ、あなたは」

「こっちのセリフだ。お前こそもう少し詩音の体調を気遣えよ」

「ほら、やっぱり。私が悪いってことでしょう⁉」

スプーンを持つ手から勝手に力が抜けた。私の手を離れたスプーンがスローモーションで落ちていく。

カチャン！　音を立てたスプーンがテーブルに転がった。

「……もう、やめてよ」

ハッと息を呑む音が耳に届いた。

「なんで私のことでいがみ合うの？　こんなの聞かされて、私がどんな気持ちになるのか考えないわけ？」

にごった言葉がこぼれ落ちた。胸の奥がぎゅっとねじまがっている、そんな感覚。

「ふたりがケンカするたびに、病気だから、普通の生活を送れないから、って責められている気分になる。ダメな子どもだって、そう思ってるんだよね？」

お父さんが慌てて首を横にふった。

「違う。そんなことお父さんもお母さんも思ってない」

「詩音のことが心配だからこそ、つい意見がぶつかっちゃうの」

ふたりの声が遠くに聞こえたかと思うと、頭痛がより強く主張しはじめた。頭の芯がズキズキと痛み、カレーライスが遠くなったり近くなったりと、めまいもひどくなっているようだ。

歯を喰いしばりながら席を立ち、足に力を入れて立つ。

「心配なんてしてくれなくていいよ。どうせ……私は死んでしまうんだから」

「詩音！」

お母さんの手から逃れ、あとずさりした。

「部屋には来ないで。来ても開けないから」

部屋に戻り、中からカギをしめた。お母さんがドア越しに謝ってきたけれど、それも無視した。

悔しくてもどかしくて、情けない。……ぜんぶ、自分に対しての感情だ。

いつもみたいに我慢していればよかったのに、なんであんなことを言ってしまったのだろう……。

引き出しから願いごとノートを取り出して開く。

①　親友と呼べる人をつくりたい
②　思いっきりスポーツをしたい
③　素直になって親孝行をしたい
④　イラストレーターになりたい
⑤　恋をしてデートをしてみたい

ひとつめの願いごとは叶えることができた。日曜日にはふたつめが……ううん、やっぱり無理。

スポーツなんてできる体じゃないことは自分がいちばんわかっている。それに、三つ目の親孝行に程遠い態度まで取ってしまった。イラストレーターになる頃、私は生きていない。恋をしてデートをするのも不可能なこと。

「叶わないのかな……」

願いごとがひとつ叶ったせいで浮かれていたんだ。どうせ死んでしまうのだから期待なんてしてはダメ。そのぶん、もっとあとで悲しくなるから。

ノートのはしっこに描いた『わにゃん』のイラストを指でなぞると、荒れ狂っている気持ちに光が差す気がした。

白紙のメモ帳を手にし、イラストを清書してみると、予想よりもうまく描くことができた。色鉛筆で毛の色を塗ると、ますます犬と猫、どっちにも見えてかわいい。

願いごとノートの二ページ目に挟んでから横になる。

さっきはお父さんにもお母さんにも悪いことを言っちゃったな……。

罪悪感も一緒に今夜は眠ろう。


朝の十時。セミの声をかき消すほどに、日曜日の駅前はにぎわっていた。

すでに気温があがっているのか、待ち合わせ場所に向かって歩いていると額に汗がにじんだ。

立ち止まり息を整える。

正直なところ、体調はあまりよくない。今朝は久しぶりに鼻血も出たし、なかなか止まってくれなかった。

昨日の夜、諒に『本当に明日はスポーツをするの？』とメッセージで尋ねてみたけれど、『ＯＫ』と書かれた看板を持つ猫のスタンプが戻ってきただけ。意味がわからない。

「おはよう。今日も暑いね～」

理菜が私に気づいて駆け寄ってくる。白いTシャツにカーキのワイドパンツというコーデは活動的な理菜によく似合っていた。

私は悩んだ挙句、ふわっとした白いブラウスにデニムを選んだ。

向こうから諒が歩いてきた。いつものようにTシャツとデニム姿の彼が、私に軽く手をあげた。ほほ笑みを返そうとした瞬間に気づく。

諒のうしろからおずおずとついてくる背の低い女性がいる。黒いロングワンピース、ストレートの髪にメガネまですべてが黒色で統一されていて……。

「え、森下さん？」

よくみるとクラス委員の森下さんだった。

なんで森下さんがここにいるの？　答えを求めて諒を見ると、肩をすくめた。

「今朝いきなり電話かかってきて、待ち合わせ場所を聞かれた」

「突然申し訳ありません。よかったらご一緒させてください」

普段は髪を縛っているから気づかなかったけれど、森下さんの髪は驚くほど美しかった。微風にも波を打つようにサラサラと揺れている。

「亜実も一緒に遊びたいんだって。どうする？」

本人を目の前に堂々と聞いてくる理菜に、

「いいよ」

そう答えるしかないわけで。

お辞儀をする森下さんに同じように頭を下げたけれど、なぜ森下さんが？　先生から頼まれているわけじゃなさそうだし、どちらかと言えば申し訳なさそうにも見える。

「よし、じゃあ行こう」

歩き出した諒にみんなでついていくと、駅裏にある雑居ビルの前で立ち止まりふり返った。

「今日の目的地はここの三階にあるんだ」

エレベーターの横に各階の案内が出ていて、三階部分には『いいスポ』と丸文字で書かれてあった。

理菜が腕を組んだ。

「いいスポってなによ。前にも言ったけど、運動系はＮＧだからね」

「ここではｅスポーツが体験できるんだって」

「だからぁ、詩音は運動が――」

「違います」

森下さんが理菜の文句を止めた。

「eスポーツというのは、Electronic Sports(エレクトロニック スポーツ)の略称です。モバイルゲームを使った対戦をスポーツとして競技制のニュアンスを加えたもののことです。スポーツすることが目的であるなら日比谷(ひびや)さんはただのゲームではなく、おそらくVR(ブイアール)を使ったものを考えていらっしゃるのでは？」

スラスラと説明する森下さんに、諒は「おお」と感嘆(かんたん)の声をあげた。

「まさしく森上(もりうえ)さんの言う通りだよ」

「森下です」

「あ、ごめん」と謝ったあと、諒は続けた。

「VRっていうゴーグル型の液晶をつけて、実際のスポーツを体験してもらおうと思ってさ。もちろん体を動かさずにできるものをチョイスするつもり。ちなみに俺のことは諒でいいから」

「あ、はい。……いえ、そこはやはり苗字(みょうじ)で呼ばせていただきます」

「了解。じゃあ、俺も森上さんで」

「森下です」

メガネを中指で押しあげる森下さん。

「待ってよ。全然意味がわからない」

理菜が食い下がるが、諒と森下さんはさっさとエレベーターに乗りこんでしまう。

ＶＲについては聞いたことがある。仮想空間でやるゲームの配信を見たことがあるけれど、それでスポーツなんてできるの？

予約をしていたらしく、諒が受付で名前を言うと、教室くらいの広さの部屋に通された。やわらかいマットが壁と床に敷き詰めてあり、窓がないせいで薄暗い。

スタッフに渡されたゴーグルを装着すると、

「え⁉」

私は大きな会場に立っていた。目の先にバレーボールのネットがあり、その向こうに無人の観客席が広がっている。

慌ててゴーグルを取ると、さっきいた部屋に戻る。

女性スタッフが私にゲームのコントローラーのようなものを渡してきた。

「右のボタンが走る、止まる、ふりむく、ジャンプする。左が方向を決めるボタン。上部にあるボタンがそれぞれアタック、ブロック、レシーブ、トス、サーブ、時間差攻撃です」

ゴーグルを手にした諒が近づいてくる。

「その場にいたまま体験できるよ。疲れたら座ってやってもいいから」

ＶＲゴーグルを装着すると、目の前にユニフォームを着た三人の男女が現れた。

「ね、すごくない？　本当にバレーボールのコートにいるみたい」

理菜は男性キャラクターを選んだらしく、興奮したようにピョンピョン跳ねている。森下さんはぽかんとあたりを見回していて、諒は外国人男性の姿になっていた。私はデフォルトの女性キャラらしいが、自分ではどんな顔をしているのかわからない。

下を見ると、体育館と同じような光沢を放つ床がある。本当にその場にいるみたい。

スタッフによる注意事項が説明された。諒の言うように、動いてもできるし、コントローラーで操作をすることもできるみたい。試しにアタックボタンを押してみると、ぐわんと視点があがった。ブンと風を切る音ともに、床に降り立つ。

「すごいね……」

そう言うと、「うん」と男性キャラ……理菜がその場でジャンプしていた。

「なんか超人パワーを手に入れたみたい。見て見て、こんなに高くジャンプできるよ」

「では、試合をはじめます。難易度が低いので練習だと思って挑戦してみてください」

スタッフの合図とともに、それまで静かだった会場に観客の声が広がる。見ると、誰もいなかった席にたくさんの人が座っている。

審判と思われるキャラクターがホイッスルを鳴らした。

ふり返ると、コンピューターの女性キャラがサーブを打った。

「きゃあ、すごい！」

理菜の男性キャラが両手を口に当てている。

――これが、バレーボールなんだ。

キュッと鳴るスパイクの音も、ボールが相手チームの手に当たる音も、体育の授業以上にリアルに聞こえる。

「来るよ！」

諒の声にハッと前を見ると、相手チームの男性キャラがアタックを打つところだった。重みのある音がした次の瞬間、私のすぐ横にボールが打ちこまれた。ホイッスルが響き、視界の左上に0－1と表示される。

慌ててゴーグルを取り、コントローラーのボタンを確認する。試合は続いていて、理菜が「えい！」とボールをレシーブする仕草をしている。

「あげるよ！」

諒がトスをするが、

「え、どうしましょう」

森下さんは、酔っぱらっているようにフラフラしている。

再度VRゴーグルをつけると、相手チームがサーブを打つところだった。私の右側に飛んでくるので、方向キーで右。続いてレシーブボタンを押す。

視界に組んだ両手が見え、ボールがうまく当たってくれた。宙にあがるボールを理菜のキャラがトスすると、諒が高くジャンプした。大きく手をふり、アタックが相手のコートに落ちて強くはねかえった。

「やった！」

諒がはしゃぎ、理菜とハイタッチしている。

「すみません。私、ぜんぜん役に立ててません」

森下さんのキャラがうなだれるのを見て思わず笑ってしまった。こんな仕草まで投影できるなんてすごすぎる。

「楽しめればいいんだから大丈夫。森上さん、力抜いていこう」

「……はい」

名前の訂正（ていせい）をする余裕もないのだろう。森下さんの操作するキャラがネットに向かって構えのポーズを取る。

「詩音は大丈夫？」

諒のキャラが私に向いた。現実の彼のほうが何倍もいい、と思う自分に驚いた。同時に顔が熱くなるのを感じる。ＶＲ中でよかったと胸をなでおろした。

「あ、あの……大丈夫。一歩も動いてないのに、一歩動けたの」

「おもしろいこと言うね」

諒のキャラが肩を揺らせて笑っている。

その時になって気づいた。今朝まであった体調の不良を感じていない。頭も痛くないし、体もすごく軽い。これもＶＲの効果なのだろうか。

試合が進むごとに操作にも慣れてきた。今度は私が前衛に回った。難しいサーブを理菜が受け止め、諒がトスをあげる。方向キーを押し、タイミングよくジャンプボタン。さらに方向キーで相手チームのコートの隅を狙ってアタック。

ジャンプしたキャラクターの目線が一気にあがる。ボールを目でとらえながらアタックを打った。ホイッスルとともにボールがコートギリギリに入った。

「ナイス！」

諒がハイタッチを求めてきたので、さっき教えてもらったコントローラー裏にあるボタンを押すと、パシンと手を合わせる音がした。

あれからテニスやバスケットボール、自転車レースまでやった。どれもリアルで本当にスポーツをしているようだった。今は、部屋のはしっこに座り休憩しているところ。

部屋の中央で、理菜と森下さんはふたりで体を抱きしめ合いながら震えている。

「やっぱり無理！　こんな高いところから飛び降りられないよ！」

「私もですぅ。助けてください」

ふたりはバンジージャンプをしようとしている。そばに置いたVRゴーグルをつけてみると、ここは橋の上。はるか下にうっすらと川が流れているのが見える。

「行けるって！」

諒がそばでふたりを励ましている。

「理菜、足を踏み出して」

「無理！」

「森下さんもがんばって！」

「名前を覚えてくれてありがとうございます。でも、花田さんに同じくですぅ！」

諒が隣に座ったので、VRゴーグルを外した。

「どう、具合は悪くない？」

「うん。むしろ、前よりよくなった気がしている」

「ならよかった」

あぐらをかいた諒が、震えているふたりを見て笑った。その笑顔につられて私もクスクス笑う。

「諒はまた願いごとを叶えてくれたね。スポーツなんて一生できないと思っていたからすごくうれしい。本当にありがとう」

「いや、最終的には詩音が自分の力で叶えたことだし」

なんて言いながら、諒は照れたように鼻の頭をかいている。

胸がズキンと痛んだ。それはイヤな痛みではなく、心地よくて温度のある痛み。

まだふたりは「先に行ってよ」「そちらのほうがお先に」とやり合っている。

病気のことを、諒にも伝えたい。そう思った。

「あのね、諒に話したいことがある」

「うん」

「私……持病があるの。進行性の病気で、だから運動ができないの」

「知ってるよ」

「え？」

瞬時に返される答えに戸惑ってしまう。諒は「いや」と首を横にふった。

「実は俺も持病を抱えていたことがあってさ。同じような苦しみを経験したから、きっとそうなんだろうな、って。だから願いごとの内容もなんとなく予想がついたんだ」

「諒も病気だったの？」

「ああ」と諒は懐かしむような目をした。

「生まれつき心臓に問題があってね。子どものころは入退院をくり返してた。今はもう大丈夫なんだけど、まだ激しすぎる運動はできないんだ。だから体育も時々しか参加してない」

「そうだったんだ……。でも、よくなってよかったね」

心からそう言ったのに、なぜか諒は苦しげに顔をゆがめた。急な空気の変化に戸惑う私に、諒は目を伏せた。

「俺には詩音の病気を治す力がない。願いごとを叶える手伝いしかできない自分が嫌になるよ」

「そんなことないよ。絶対に叶わないと思ってたからすごくうれしい。それに、諒といると体調がすごくいいんだよ」

そう言った言葉が正しいことに遅れて気づいた。たしかに諒といる時に体調不良を感じたことがない。

諒は浮かない顔をしていたけれど、「そうだ」となにか思い出したように私に目を合わせた。

「三つ目の願いごとを聞かないと」

次の願いごとは『素直になって親孝行をしたい』だ。

でもそれは、誰かに叶えてもらうことではなく、自分自身でやり遂げる必要があると思った。

「次の願いごとこそ、自分の力で叶えなくちゃいけないことだからがんばってみるよ。それより、諒の願いごとは決まった？」

私だって諒の役に立ちたい。そんなことを思えた自分が少しだけ誇らしかった。

だけど、諒は肩をすくめる。

「あーまだ。候補は絞ってるんだけど、もう少し待ってて」

私には時間がない。今はこんなに元気だけれど、家にいる時は前以上に体調が悪化しているのを感じる。八月末にはもういないかもしれない。

焦る私に気づかずに、諒が「見て」と前を指さした。

「ぎゃあああ！」

バンジージャンプから飛び降りたのだろう、理菜と森下さんが床に寝転がり悲鳴をあげていた。

保健室に来ると、猿沢先生は窓辺の席でうつらうつらと舟を漕いでいた。

私に気づくと、「ああ」と寝ぼけた顔でほほ笑んだ。

「期末テストはどうだった？」

「ちょっと体調がよくなかったので勉強はあんまりできませんでしたけど、思ったよりはよかったです」

「学校ではいいのに、家に帰ると具合が悪くなるって言ってたもんね」

いつものように体調チェックをしてから血圧を測る。どれも問題なく、はた目にはずいぶん元気になったように見えるだろう。

ｅスポーツを体験したことを理菜が話し、クラスで話しかけてくる子が増えたし、森下さんとも普通に話せるようになった。

学校にいると持病を抱えていることが夢だったんじゃないか、と思うほど。そのぶん、家に戻ってからはひどい頭痛とめまいに襲われ、食欲もないため体重も少し減ってしまった。

「昨日まで元気だったのに、急に亡くなることってありますか？」

脈絡のない急な質問に、猿沢先生は目を丸くした。

ある日突然ボーナスタイムが終わり、死を迎える。確定事項のように、八月末に死ぬ予感が常に頭を支配している。猿沢先生はしばらく考えたあと、首を横にふった。

「検査入院ってもうすぐよね？　その結果を見ないとわからないけれど、ここで見ている限りは大丈夫だと思う」

じゃあ、この悪い予感が消えないのはなぜ？

「どうせそのうち死んでしまうんだ、って思って生きてきました。だけど……今は死ぬのが怖いんです」

願いごとを叶えるたびに、生きていたいという気持ちが強くなっていく。あきらめていた『生』への執着が強くなるようで怖かった。

うつむく私に、猿沢先生が「んー」と口をへの字に結ぶ。

「それは誰だって同じよ。人間なんていつ死ぬかわからないじゃない。だからこそ、毎日を後悔（こうかい）なく過ごせるように努力しなくちゃ」

願いごとと後悔は似ている気がした。願ってはあきらめ、後悔することのくり返し。

そういえば三つ目の願いごとも、叶えるための実行にはまだ移せていない。

「例えばですけど、親孝行をしたいって思ったら、猿沢先生ならなにをしますか？」

「その質問ならすぐに答えられるわ」

猿沢先生がホッとしたように胸を押さえた。

「先生も昔、親孝行をしたいと思っていろんな方法を試したのよ。プレゼントを贈る、こまめに連絡をする、結婚をする、一緒に旅行をする。どれもよろこんでくれたし感謝もされた。でも、はっきりとした正解がなかったから聞いてみたの」

間を空けてから、猿沢先生が小さく笑った。

「そしたら両親揃ってこう言ったの。『あなたの心が青空ならそれでいい』って」

「心……」

「ええ」と猿沢先生が窓の外を見あげた。

「きっとふたりで話し合ったことがあるんでしょうね。同じ答えだったから驚いちゃった。どんな道を選んでも、たまに失敗しても、失恋してもいい。心が曇らずに晴れ渡っていれば、それだけで親孝行なんですって」

「私にもできるんでしょうか？」

気弱な私に、猿沢先生は夏空のような笑みを返してくれた。

先日、私が爆発して以来、夕食は三人とも黙りがちだ。

両親のどちらかが話題をふると、過剰に反応して盛りあがる。けれど、話題は尻切れトンボに終わり、また沈黙。

カツオのたたきとひじきの煮物、シジミ汁という鉄分だらけの夕食を摂りながら、チラッとお父さんを見ると、話題を探しているのかじっと考えこんでいる。

さっきは近所の話をしていたお母さんも、同じように宙をぼんやり見つめている。

心の天気を覗けば、長年覆っている厚い雲が見えた。

ひょっとしたら、家の空気を重くしているのは私自身かもしれない。治らない病気をあきらめ、すねた態度でふたりに接していたんだ。

私の持病は後天性といって、生まれつきのものではないし、遺伝もしない。だけど、心のどこかで両親のせいにしていたのかも……ううん、していた。

「お父さん、お母さん」

そう言うのに何分もかかってしまった。

「なに？　具合が悪いの？」

すかさず身を乗り出すお母さん。お父さんも箸を宙で止め、心配そうな表情を浮かべている。やはり家に帰ってくると体調は悪化する。こうして食事をしていても、体が横になることを促しているように感じる。

雨雲を遠ざけることができるのは私自身。無理して元気ぶれば、敏感なふたりのことだからすぐに見破るだろう。

「正直に言うと、今までにないくらい悪いと思う。ただ、学校に行ってる間は平気なんだよね」

実際に思っていることを言葉にしてから、「でも」と続ける。

「話したいのは私のことじゃなくてふたりのこと。お父さんがマイナス思考なのは、私を心配してくれているから。お母さんがそういう言葉を聞きたくないのも同じ理由なんだね」

「……どうしたのよ。なにかあったのね？」

違うよ、と首を横にふる。

「ずっと現実から目を背けてきた。ちっとも親孝行してないし、むしろ悲しませてばかりだった」

本当の気持ちは頭で考えなくても言葉に変換されていく。

「詩音、それは違う」

お父さんが私の目をまっすぐに見つめた。

「悲しませてばかりだなんてことは絶対にない。こうして三人でいられることがどれだけうれしいか」

「そうよ。親孝行なんてとっくにしてるのよ。詩音が病気になって落ちこんだ日もあったけれど、病気と闘っている詩音を見ていたら、お母さんもがんばらなくっちゃって。だからこそ、奏くんのところでボランティアをしているの」

ふたりはもう瞳を潤ませている。

「でも、自分の子どもが難病になったら、私なら悲しいと思う」

「それも違う。それ以上のうれしさを詩音はもたらしてくれたんだよ」

お父さんの言葉に嘘はないと感じた。頬に涙を流すお母さんも同じ。

「もしも、私が死んだら――」

「詩音！」

悲鳴のような声をあげた母に、「聞いて」とやさしく言えた。中腰だった母が、ゆるゆると椅子に戻る。

「最後まで病気と闘うつもり。だけど、万が一のことが起きた時にはきっとこう思えるはず。お父さんとお母さんの子どもでよかった、って」

こみあげてくる涙は、あっけなくテーブルに落ちた。そう、この言葉を言いたかったんだ。

「私たちも同じよ。同じ……に、決まってるじゃ……ない」

嗚咽を漏らすお母さんの横で、お父さんは眉間にシワを寄せてうつむいている。

ふたりを悲しませているのは、私。

「お父さんお母さん、病気になってごめんなさい。心配ばかりさせてごめんなさい」

「もういいの！　そんなこと言わなくていいの！」

椅子から立ちあがったお母さんが私を強く抱きしめた。湯呑が倒れてもお母さんは抱きしめた腕を離さない。

「お母さんこそごめんなさい。ついイライラして……本当にごめんなさい」

「俺も悪かったよ。だけど詩音、もう謝るな。お父さんとお母さんの幸せは、お前が笑っていることなんだから」

体を離すと、お母さんは私の頬に手を当てた。

「あなたひとりでは闘わせない。お父さんとお母さんも闘うから」

こぼれたお茶を片づけてから、お母さんは席に戻った。テーブルに置くお母さんの手に、お父さんは自分の手を重ねた。

「心が青空になるように私、がんばるよ」

洟をすすりながら伝えることできた。ティッシュで涙を拭ってから、私は背筋を伸ばした。

「じゃあ、ここからが本題ね。今日はふたりに注意させてもらう」

ふたりの顔を交互に見渡してから私は続ける。

「お父さんはマイナス思考を止めること。心配してくれるのはうれしいけれど、私までつられて落ちこんでしまうから」

「はい」

素直にお父さんはうなずいている。

「お母さんはイライラしないこと。怒りは六秒我慢すれば収まりやすいんだって」

「じゃあ……翌日の朝まで我慢することにするわね」

「そして私は、気持ちで負けないようにするから。病は気から、だもんね」

そう言うと、目の前のふたりは顔を見合わせて少し笑った。

心の天気はまだ雲に覆われているけれど、少しだけ晴れ間が覗いている気がした。

部屋に戻る頃にはかなり体が限界を迎えていた。頭の中をつねられているような痛みと、言いようのないだるさが私を襲っている。

ベッドの上のスマホが不在着信を知らせるライトを点滅させている。

──日比谷諒。

表示される名前に秒を置かず、発信ボタンを押していた。

二回目のコールの途中で、

『よお、詩音』

諒が電話に出た。

「諒」

名前を呼ぶと心がほっこり温かくなった。体から不調が抜けていくような気がするのは気のせい……？

「ごめん。ご飯食べてた。なにか用事？」

うれしいくせに諒にはまだ素直になれないでいる。

『別に用事ってほどじゃないけど、願いごとの三つ目、どうなったかなって思ってさ』

ちょうど今、実行してきたところだったから驚いてしまう。スマホを手に机についた。

「ちゃんとできたかはわからないけど、たぶん叶ったと思う」

『そうか。よかったな』

私の願いごとを知らないはずなのに、諒はそう言った。丸い声が、コーヒーに落とした角砂糖のように心を溶かしていく。

「でもまだ、叶えるためのスタート地点に立てたくらいのレベルかも」

『そう思えることが大事なんだよ。少しずつ変えていけばそれでいいと思うよ』

　諒はこんなにも私を心配してくれている。スマホを耳に当てたまま、願いごとノートを開いた。

　五つの願いごとは、三つまで叶えることができた。諒からもらったプレゼントみたいに、文字がキラキラ輝いて見えるよ。

　諒がしてくれたように、私も役に立ちたい。そう思った。

「あのさ、諒──」

『そろそろ寝るよ』

「え？」

『おやすみ』

「あ……おやすみ」

　急にそっけなく切られてしまった。

　もう少し話したかった。スマホを机に置くと、時差で胸の鼓動が速くなるのを感じる。

　諒はいつでも私に勇気をくれている。ただの転校生だと思っていたし、最初はわけがわからないことばかり言っていた。

私みたいな持病がある人は、恋をする資格なんてないと思っていた。どうせ死んでしまうんだから、悲しませる相手を増やしたくない、と。

だけど……今ではこんな気持ちになっている。

この感情を恋だとはまだ認めたくない。もし認めてしまったら、うれしい感情はあっという間に悲しみへと変わってしまうから。

「死にたくないな……」

つぶやいてから、気づいた。さっきまでの不調を体が感じていない。

願いごとノートをめくれば、『わにゃん』のイラストが顔を出した。

どこか、諒に似ている気がした。

4　それぞれの過去

終業式は雨だった。

今年の梅雨明け(つゆあ)は遅いらしく、昨日まで鳴いていたセミの声は雨音に消されている。じめっとした空気が教室に漂っているけれど、クラスメイトはいつにも増してテンションが高い。ホームルームが終わったとたん、彼らは夏休みに向かって駆けていった。

「てことで、今度はカラオケに行こうよ」

さっきから理菜(りな)は夏休みの予定を次々に提案している。

「カラオケ苦手なんだよね……。でも、理菜となら行ってもいいかな」

「ほんと！　うれしいなあ」

これまでの私なら、断っていたかもしれない。

「私は歌えないと思うけど、それでもいい？」

「いいよ。あ、それだと詩音(しおん)つまんないか。でも観たい映画もあるし、新しくできたカフェにも行きたい。もちろん――」

声のトーンを落とした理菜が私の耳元に顔を寄せた。

「体調がいい時でいいから。ドタキャンも可能だよ」

なんだかくすぐったくて笑ってしまう。

「また連絡するね」

そう言って理菜はバッグを手に教室を出ていった。夏休みが楽しみだなんていつぶりだろう。だけど、学校にいる時だけ安定している体調のことは心配だ。家では臥（ふ）せっている時間が増えてきている。

入れ替わりに諒（りょう）が戻ってきた。ホームルームのあと、土橋（つちはし）先生に『職員室に来るように』と言われているのを聞いた。

「諒、なんかやらかしたのか？」

男子生徒のからかいに「うるせー」と諒は軽い口調で答えて席に着く。持っていた茶封筒をバッグにしまったあと、諒は私の向こうに広がる雨模様に目を向けた。

「行きたい場所があるんだけど、この雨じゃ無理だな」

「え？」

話しかけられていると思わなかったからドギマギしてしまった。諒は雨から私に視線を移した。

「今度、連れていってほしい場所があるんだ」

「それが諒の願いごとってこと？」

「いや」とゆっくり諒が首を横にふった。

「そういうんじゃなくて、単に行ってみたいってだけ。晴れた日にでも連れていってよ」

どうしよう。諒の声が言葉が、まるで美しいピアノを聴いているかのように胸に届く。

――恋じゃない。この感情は恋じゃない。

そう言い聞かせ、平気な顔でうなずいた。

「月末はダメだけど、ほかの日なら空(あ)いてるよ」

「天気予報を見て、また誘うわ」

諒といられるなら雨でも平気だけど。頭の中でつぶやくひとりごとを、いつか伝えられたらいいな……。思うそばから意識して頭から追い払った。

教室を出ていく諒を見送ったあと、スマホを開いた。スケジュールアプリには月末の二日間に『検査入院』と記してある。

結果次第では入院が長引いたり、今後の治療方針が変わることもある。

検査の結果が悪くないといいけれど……。諒が行きたい場所に連れていってあげたいな。

気づけばクラスメイトの姿はなく、雨のにおいのする教室にひとりきり。諒の顔ばかりが浮かんでは消えていく。

次はいつ会えるのかな。今、さよならしたばかりなのにもう会いたくなっている。

恋じゃない、とまた自分に言い聞かせる。さっきよりも心の声は小さくて、雨音にも負けてしまいそう。

教室の前の戸が開く音がして、顔を向けた。

「あ、森下(もりした)さん」

森下さんは今日も髪をしっかり結び、黒ぶちメガネを装着している。私を見つけると、ぺこりとお辞儀(じぎ)をしたあとカバンを手にした。

と、思ったら周りを確認したあと私の席に向かってきた。

「浅倉(あさくら)さん、ちょっと話したいことがあるのですがよろしいですか？」

「うん」

そういえば……前にもこうやって話しかけてきたことがあったよね。あの時は理菜としゃべっていて、森下さんは『間違えました』と話の途中でいなくなってしまったような……。

なんでもはっきり言う森下さんなのに、せわしなく何度もメガネを直している。自分でもおかしいと思ったのだろう、決心したように森下さんは顔をあげた。

「私、将来は医師になりたいんです」

突然、将来の夢を語られてしまった。返事をしなくちゃ、と思考をフル回転させる前に森下さんは自嘲（じちょう）するように小さく笑った。

「両親が医師ということもあり、なりたい、と言うよりも暗黙の了解で目指している感じです。それに対しての不満はなく、夏休みも塾をがんばるつもりです」

話の意図がわからず首をかしげても、森下さんはじっと私の机に目を落としたまま話を続ける。

「うちには父方の祖父母も住んでいます。二世帯住宅で、両親とは仲が悪くてほとんど私以外の家族との交流は絶たれた状態です」

「そうなんだ……」

「少し前のことです」

やっと森下さんは私に視点を合わせた。まだその瞳にわずかな迷いが浮かんでいる。

「祖父母が『亜実（あみ）と同じ高校の生徒に会った』と話してくれました。骨髄（こつずい）バンクのドナー登録に参加した時に会ったそうです。結局は年齢制限で引っかかったようですけれど」

スッと血の気が引く感覚。先日のキャンペーンで老夫婦に年齢制限の話をしたよね。まさかあれが森下さんのおじいさんとおばあさんだったの？

待って。あの時私はたしか――。

「彼女は難病を抱えていると話したそうです。……浅倉という名前だと教えてくれました」

「ああ……」

ぐわんと視界が揺れた。めまいの症状に、思わず机に臥せてしまいそう。まさか森下さんの家族だなんて思ってもいなかった。

「誰にも話していません。ただ、心配でたまらなくて」

「……うん」

キュッと目をつむって深呼吸をくり返すと、少しずつ症状が治まっていく。

だから、この間なにか話をしようとしていたんだ。eスポーツに突然来たのも、私を心配してのことだったんだね……。

病気について知っている人がこのクラスだけで三人になってしまった。ぜんぶ、私が余計なことを言ったせいだ。

「大丈夫です」きっぱりと森下さんが言った。

「病名や現段階の症状などを聞いたりはしません。他言もしません。ただ、心配している人がいることを伝えたかっただけです」

いつもは無表情なのに、私を見つめる森下さんの眉は下がっていて、瞳が潤んでいる。

「私は」と森下さんがメガネをかけ直した。

「今はまだ浅倉さんを癒やせる力がありません。でも、必ず医師になってみせます。どの専門になるかは未定ですけど、間接的には応援できるはずです」

精いっぱいの勇気を出して話しかけてくれたのだろう。これまでなら、無理やりごまかしたりしていたと思う。

だけど、理菜だって諒だって、持病を知ってからのほうが距離は近くなった。

「ありがとう。森下さんに治療してもらえること、楽しみにしてる」

そう言うと、森下さんがホッとしたように体の力を抜くのがわかった。

「でも、まさかうちの祖父母から浅倉さんの名前が出るなんて驚きました」

「すごく活動的な方たちだよね。あ、そういえば臓器提供のことは……」

「さっそくふたりして、運転免許証やマイナンバーカードに意思表示の記入をしていました。私にも勧めてきましたけれど、すでに記入済みだと知って悔しがっていました。『常に持ち歩けよ』なんて祖父は威張ってましたけど」

誰かの命を救う活動は波のように広がっていく。役に立てている実感がなかったけれど、今日話を聞けてよかった。

「話してくれてありがとう。おふたりにもよろしく伝えてね」

そう言う私に森下さんはうれしそうに笑ったあと、真面目な顔になった。

「先ほど、花田さんとカラオケに行く話をしていましたね？」

「あ、うん」

「私も連れていってください。病気のことを知った以上、私にも責任が――」

そう言ってから森下さんは「いいえ」と首を横にふった。

「実はカラオケに行ったことがないんです。よかったらその際にはぜひお声がけいただけるとうれしいです」

返事を考えているうちに森下さんは一礼すると、教室から出ていってしまった。

私の話を聞くと、奏くんは「へえ」とだけ答えた。

学校帰り、そのまま『メシア』に行き、森下さんのことを話したのだ。

「へえ、ってそれだけ？」

「この街は大きく見えて、実は小さかったりする。あのじいさんばあさんの孫が同じクラスにいた。それだけの話だろ？」

そっけない口調だけど、口角がわずかにあがっている。素直じゃないのは昔からだから慣れている。奏くんなりに活動の広がりをよろこんでいるのだろう。ニヤける顔を隠すように、奏くんが「そうだ」と山積みの資料を漁りはじめた。

「ちょうどよかった。来月のイベント、ゲストが参加してくれることになったんだ」

「え、ゲスト？　そんなの初めてだね。誰が来るの？」

「たしか、ミツキって名前の女優」

「嘘！」

山積みの資料から奏くんはA4の用紙を取り出した。やっぱり、あのミツキさんのプロフィール写真と経歴が印刷されている。

「ミツキさんがイベントに来るの!?　だって、すごい人気なんだよ」

子役時代から人気で、今では現役高校生女優としてドラマに引っ張りだこ。テレビを見ない私ですら、広告やネットCMでよく目にしている。

「仲田理事長にコネがあるらしくて、当日はトークショーをしてくれるそうだ。俺、司会をすることになってんだけど、そんな有名な女優なのか？」

「知らないことが信じられない。奏くん、映画好きなのに知らないの？」

言ってから気づいた。奏くんは洋画専門だ。

　そういえば、美沙希さんと別れて以来、奏くんは家に来ていない。忙しいことだけが原因じゃないのは明らかだ。

「とにかく」と奏くんが私の持つ用紙をさらりと奪った。

「今度のイベントはかなりでかい。ステージも作ることになったし、取材もわんさか来るそうだ」

「うん」

　うなずく私に、奏くんは怪訝そうな顔をした。

「予想外の反応だ。てっきり人目につくのは困るって言い出すのかと思った」

「前はそう思ってたけど、今はしょうがないかなって。バレたらバレた時に考えるよ」

　まるで宇宙語でも聞いたかのように、奏くんはきょとんとしている。

「詩音、なんか急に成長感を出してるな」

「なにそれ」

「持病のこと、ほかの人には内緒にしてたんだろ？　なんか大人っぽい思考になってる」

「それはそうだけど……。でも、もともと私は大人なんだからね」

「あ、やっぱり子どもだったわ」

　なんて、奏くんはニヤニヤしている。

ちまでバレてしまいそうだし。

諒と出会えたからだと教えたかった。でも、言えない。話してしまったら、諒への気持ちまでバレてしまいそうだし。

そうだよ。まだ恋じゃないこの気持ちを、下手な刺激で意識したくはない。

もう奏くんはパソコンの画面とにらめっこしている。

「来週、検査入院だっけ?」

「うん。一泊二日の予定」

「今日は顔色、あんまりよくないな」

「そうなんだよね……」

今日も校門を出た途端、待ち構えていたかのように頭が痛くなったのだ。これまでのとは違い、確実に私の命を削るような痛みを覚えている。

カウンターの椅子に腰をおろし、事務所を見渡して深呼吸。少しだけ頭痛が治まった気がする。このまま家に帰ると、また親に心配をかけちゃうな……。

「そういえばさ、奏くんの家族のことってあんまり聞いたことがないよね?」

「言ってないから当然だろ」

なにげない口調だったけれど、わずかにトゲのようなものを感じた。

自分でも気づいたのだろう、奏くんはチラッとモニター越しに見てきた。

「一方的に音信不通にしてんだよ」

「……どういうこと？」

キーボードから離した両手を頭のうしろに回し、奏くんは天井あたりに目を向けた。

「うちの親、俺が子どもの頃に離婚してさ。俺はおやじと一緒に住んでた。母親なんて俺が骨折で入院した時も、見舞いにすら来なかったんだぜ」

「……ごめん」

シュンとする私に、奏くんは「いや」と口元に微笑を浮かべる。

「母親が俺を捨てたと気づいてからは平気だった。高校を卒業する直前に父親が亡くなった時も、そういうもんなんだって受け止めることができた」

「奏くんのお父さん、亡くなってるんだ……」

「葬儀の連絡も母親にはしなかった。今さら会いたくなかったし、血はつながっていても他人の関係だからさ。親から愛をもらえなかったから、そのぶん誰かに与えたいって思ってるんだろうな。そういう意味じゃ、親に感謝してるよ」

なにも言葉が出てこなかった。まさかそんな事情があったなんて知らなかった。

「けどよお」と奏くんが肩をすくめた。

「二年前に母親から連絡があった。驚いたよ。今さら『ずっと心配だった』なんて言うんだぜ。ふざけるな、だよな」

こんな話なのに奏くんはクスクス笑っている。

けれど、その笑みが本物じゃないことは伝わってくる。『親から愛をもらえなかった』という言葉が、時間差で胸に重くのしかかっていた。

「じゃあもう……お母さんとは連絡を取らないの？」

「必要ないだろ。二十歳になって今さら親子ごっことかしたくねえし」

奏くんの心は、過去のトラウマで傷だらけなんだ。忘れたくて、必要以上に活動に命を懸けているのだとしたら、それはそれで悲しい。

「一度だけでも連絡をしてみたら。だって、お母さんだってきっと後悔して――」

「詩音」

鋭い声にハッと我に返ると、奏くんはまだ笑みを浮かべたままだった。

「雨もあがったし、そろそろ帰れよ」

けれど、言葉は拒否を示していた。表情とは裏腹に。

病院には特有の空気がある。

しんとしていて、無機質で、マスクを取っても息苦しい。

今回の検査入院は、一泊二日の予定。ふたり部屋に案内されたけれど、もうひとつのベッドは枠だけでマットレスも敷いていなかった。

入院着に着替えると私はモルモットに変身する。

血液検査の次はエコー検査、続いて心電図と次々にたらい回しにされていく。

医師も看護師も、業務をこなすだけ。一日目の検査が終わる頃には、グッタリ疲れていた。

「よくがんばったね。疲れてない？」

受付の前にある待合室でお母さんがペットボトルのお茶を渡してくれた。

「疲れた。もう寝たい」

話すのもつらいくらい、この数日の体調は悪化の一途をたどっている。検査結果を聞かなくても、自分の余命が少ないことがわかるほどに。

「ほら、甘い物でも食べなさい」

お父さんがエコバッグを渡してくれた。中にはお菓子やゼリーがいくつも入っている。

一泊二日でこの量は大食い大会レベルだ。

「明日は夕方迎えにくるからね。帰りに美味しいものでも食べに行こうね」

「お父さんも早あがりにしてもらってるから、焼き肉なんてどうだ？」

夫婦の関係は修復されつつある。前よりも過保護になった感は否めないが、ケンカばかりの時に比べれば雲泥の差だ。

待合室に並ぶソファを見ていると、初めて入院した日のことを思い出す。小学校の卒業式に出られずここで泣いたこと。中学校の入学式もダメで、夜にひとりここに来て泣いていたこと。待合室は涙の思い出ばかりだ。

そういえば、ここで私のイラストを見た男の子が『わにゃん』の命名をしてくれたっけ……。私より小さな男の子は、私がその名前を気に入るのを見てよろこんでいた。

涙ばかりの待合室の思い出の中で、唯一ほっこりできた記憶だ。

彼は今、どこでなにをしているのだろう。あれから五年経つから彼も中学生になってるのかも。元気でいるといいな……。

ふたりを見送ってからエレベーターに乗り五階へ。ナースステーションにたくさんの看護師が集まっていた。夜勤担当者への申し送りだろう。

病室に戻るとベッドに倒れこんだ。

なんだか諒のそばにいないと体調が悪化する気がする。前にふと感じたことが本当のことのように思えてしまう。

スマホを取り出し、eスポーツをした時にスタッフに撮ってもらった写真を見る。私と三人の友だちが映っている。

親指を立てる諒と両手をあげて笑う理菜。森下さんは証明写真でも撮るように真面目(まじめ)な顔をしていて、私はかすかに口元が緩(ゆる)んでいる程度。

不思議だ。諒の写真を見るだけで、頭痛とめまいが少しだけ軽くなった。

窓の向こうに広がる空は茜(あかね)色に染まっていて、連日続いていた雨もあがったみたい。明日は快晴の予報だけど、昼過ぎの問診まで検査入院は続く。結果が悪ければ延泊もありえる。

諒の行きたい場所に連れていってあげたいけれど、そんな日は来ないのかもしれない……。

「ふう」

ため息をつき白い天井を見あげる。

諒に会いたい、会いたくて仕方ない。なのに、自分から連絡する勇気が出ない。

家から持参した願いごとノートを開いてみる。

①　親友と呼べる人をつくりたい

②　思いっきりスポーツをしたい
③　素直になって親孝行をしたい
④　イラストレーターになりたい
⑤　恋をしてデートをしてみたい

今日までに三つの願いごとを叶えることができた。

イラストレーターの夢は、残り一カ月ではとうてい叶わない。デートだって、自分から誘えるはずもない。

「一カ月……」

八月末に死ぬ予感は、日ごとに輪郭(りんかく)を濃くしている。ひょっとしたら検査結果が悪くて長期入院することになるのかもしれない。

だとしたら、せめて諒の願いごとだけは叶えてからいなくなりたい。

スマホのメッセージアプリを開き、諒のアイコンをタップしたところで指先が止まった。

なんて書けばいいのだろう……？

『こんにちは、お元気ですか？』

これじゃあ、あまりにも他人行儀(たにんぎょうぎ)だ。

『今度会おうよ』

これも違う。削除ボタンに指を伸ばした瞬間、ブルンとスマホが震えた。

「え……なんで？」

開いているトーク画面に、諒からのメッセージが表示されている。まさか同じタイミングで打っていたなんて驚いてしまう。

『八月四日の月曜日、午後から会えないかな？　前に言ってた場所に連れていってほしいんだけど』

挨拶もなく、本題だけを送ってくるのが諒らしくて笑ってしまった。

肩の力が自然に抜けるのを感じる。

『月曜日、大丈夫だよ　どこに行くの？』

送信ボタンを押してしばらく待つ。不調はどこかへ飛んでいったみたい。やっぱり諒には人を癒やす力があるんだ。スマホがまたメッセージを知らせた。

『それはまだ秘密。二時に駅前でどう？』

『いいよ』

返事をすると、諒は『よろしく』と犬がしゃべっているスタンプを送ってきた。私も同じようなスタンプを返した。

もうこれでやり取りは終わりなのかな。未練がましくスマホを眺めていると、看護師さんが食事を運んできた。

テーブルに置かれた食事は、やっぱり鉄分をふんだんに含んだものばかり。レバーの煮つけが存在を主張している。

「詩音ちゃん、久しぶりだね」

私を見て笑う看護師さんは——。

「あ、多津子さん」

多津子さんは血液内科の看護師長さんだ。発病して以来、検査入院のたびに会っている。年齢は知らないけれど、前に会った時は『もうすぐ定年なの』と言っていたはず。

「詩音ちゃん、かわいくなったんじゃない？　ああ、ダメだ。『浅倉さん』って呼ばなくちゃいけないのに、どうしても詩音ちゃんって呼んじゃう」

「長いつき合いなんだから大丈夫だよ」

多津子さんはフレンドリーで、いい意味で看護師長さんらしくない。

「もう五年だもんね。詩音ちゃんがどんどん元気になっていくのがうれしいわ」

発病した当初が、いちばん体調が悪かったと思う。

あの頃は真っ暗闇に思えた世界が、諒との出会いにより少しだけ明るく見えている。同時に、生きたいという気持ちが強くなっていて、でも一カ月後に死の予感があって……。

「あ、なんか暗い顔をしてる」

多津子さんがニヤリと笑って、ベッドの横にある丸椅子に腰かけた。

「配膳が終わったら今日の仕事は終わりだし、詩音ちゃんとお話ししていこうかな」

私のちょっとした変化を見逃さないのも昔から。長期入院の時も、泣いてばかりの私を毎日のように慰めてくれた。

「あのね」と食事に目を落とした。

「体調がちっとも安定しないの。いい時はすごく元気なんだけど、ダメな日はつらくてだるくて、もうすぐ死んでしまうっていう予感が消えてくれない。予感っていうより、そうなる運命のように感じてるの。これってなんだろう」

一気に言うと、反抗するように頭の奥に鈍い痛みが走った。

ふん、と多津子さんは鼻から息を吐いたあと口をへの字に結んだ。

「運命なんてこの世にはないよ」

「わかってるけど、どうしても拭えなくて……」

しばらく私を見ていた多津子さんが、細い腕を組んで迷うように口を開いた。

「今日の検査結果を見たけれど、正直に言うと数値はあまりよくなかった」

やっぱりそうなんだ。運命はぽっかりとその口を開けて私を食べる準備をしている。

「でもね」と多津子さんが言葉に力を込めた。

「詩音ちゃんが言うみたいに、今すぐ死んでしまうほど悪い数値じゃないの。服薬治療を続け、体調管理していれば進行を遅らせられるかもしれないじゃない」

「……自信がありません」

どうして私だけがこんなにつらいの。体調がいい時を知ったぶんだけ、普段の症状が余計につらく感じる。

「詩音ちゃんは昔から感受性が強かったよね？　同室の子のことばかり心配して、その子の具合が悪くなると、自分のことのように落ちこんだり泣いたりしてた。自分の検査結果が悪かった日なんて、夜中にひとり待合室で泣いていたよね」

「ああ、そうだったね」

「イラストが好きでよく描いてた。小さい子たちにもあげたりしてね。詩音ちゃんが描いた動物の絵、病室に貼ってる子もいたのよ」

そんなこともあったな……。

退院していく子をよろこんだり、いなくなる子を悲しんだり、自分の未来に絶望したり、たまに期待したり。うれしくても悲しくても苦しんでも、表現方法はいつも涙だった。

多津子さんは遠くを見るように目を細めた。

「高校生になってからは、どこかあきらめているように見えたの。自分の命に期待しないっていうか、反抗期とはまた違って、愛想がいいのに目は死んでるみたいに思えた」

「そうなのかも」

「でも今日は違う。悩みごとを話してくれたのなんて、いつ以来？　きっと、詩音ちゃんの中でなにかが変わったんじゃないかな」

「わからないけど……昔みたいに空想の世界に逃げることはなくなった気がします」

自分のことを話しているのに、なぜか諒の顔が浮かんでしまう。

彼が私に生きることを教えてくれた。同時に、死の怖さを私に思い出させたのかもしれない。

「私……生きられるのかな？」

気弱な言葉に、多津子さんは間髪容れずにうなずいた。

「医学は年々進歩しているのよ。詩音ちゃんの病気は、ステージがあがれば骨髄移植が必要になるけれど、そのぶん生存率だってあがるんだから。自分の体をまずは信じてあげなくっちゃ」

いたずらっぽく笑った多津子さんが、トレーの上の食事を指さした。

「まずはこれを完食すること。そしてよく眠ることよ。日々の積み重ねが健康な体を作るんだから」

病院の食事が苦手なのは、プラスチック製の簡素な食器のせいだと思っている。旅館じゃないんだから仕方ないけれど、食欲がわかないのは私だけじゃないだろう。

でも、多津子さんの言うように、自分の体を信じるなら栄養は不可欠だ。

「わかった。いただきます」

「いいね。その調子」

ガハハと笑ったあと、「そうだ」と多津子さんがなにか思い出したように手を打った。

「八月三十一日に駅前でイベントがあるんでしょう？　骨髄ドナー登録のイベントのやつ。さっき、詩音ちゃんのお母さんに聞いたの」

「あ、うん。出るっていうか、お手伝いだけどね」

レバーの煮つけは味が薄いせいで少し生臭(なまぐさ)い。お茶と一緒に飲みこんだ。

「うちの病院も協賛してるみたい。実は、私にも運営側として参加要請が来てるのよ。登録ブースで医療的説明をする役割なの」

「多津子さんもいてくれるんだ。それ、すごく心強いです」

うなずきながら、先日奏くんにしてしまった余計なアドバイスのことを思い出した。

奏くんを怒らせてしまった。事情を知らない私になんか、言われたくなかっただろう。

検査入院が終わったら謝りに行こう。自分に言い聞かせてレバーを口に運べば、苦みが口の中に広がった。

八月四日、月曜日。今日は風があって気持ちがいい。約束の十五分前についたのに、もう諒は駅前でデニムに手をつっこんで立っていた。

私の顔を見るなり、口を「あ」の形にする。

「ひょっとして体調悪い？」

「ううん、そんなことないよ」

嘘と本当を半分ずつ混ぜた。実際、ここに来るまでの体調は決してよいとは言えなかった。多津子さんのアドバイス通り食べ物と睡眠を重視して、なんとか検査入院の時よりはマシになった程度。

でも、不思議だ。諒に会ったとたん、頭痛やめまいは波が引くように消えてしまった。

「ならいいけど、無理はしないで」

「大丈夫だよ。諒こそ夏休み、遊びまくってるんじゃない？」

「探偵くんの推理は外れ。まだ俺のことをわかっていないようだね。まじめに夏休みの課題に取り組んでる日々だというのに」

こんな風に軽口を叩き合えるなんて想像していなかった。人間関係って、自分次第で変わっていくものなのかも。

「で、今日はどこに行くの？」

「ああ、そのことなんだけどさ……」

迷うように視線を散らせたあと、諒が私を見た。

「この町でいちばん好きな場所ってどこ？」

「自分の家」

正直に答えたのに、諒は苦笑した。

「そうじゃなくて、詩音が心から好きな場所があればそこに行ってみたいんだよ」

「私の？　え、それってなんで？」

てっきり諒が行きたい場所へ向かうのだと思っていたから驚いてしまう。諒はおどけて右手の拳をマイクみたいに突き出してきた。

「えっと……橋が見える川沿いの堤防があって、昔から好きな場所なんだ」

「よし、それじゃあ行くとしよう」

諒が右と左を交互に指さして方向を尋ねるので、右側を指さすと歩き出してしまう。

「歩きながら教えてよ。詩音の好きな場所のこと」

ふり向く諒の目がうれしそうにカーブを描いている。それだけで体調不良どころか、ワクワクした気持ちになる私。

空には入道雲がにょきにょきと生えている。セミの声に包まれながら夏の下をふたりぼっちで歩く。

諒は堤防の場所を知っているのだろう、時折私をふり返りながら細い道を進んでいく。自動販売機でスポーツドリンクを二本買い、堤防に続く階段をのぼった。

一気に空が広がり、眼下には記憶のそれよりゆるやかに水が流れている。赤い橋を呑みこむように入道雲が白色を主張していた。

「すげー。たしかにいい場所だ」

諒の前髪が風にあおられて躍っている。

「あの木のところまで行こう」

階段をおりた先に一本だけ生えている桜の木の下が、私のお気に入りの場所。

転ばないように一段ずつ慎重におりていき、時間をかけて川原におり立つ。膝まで生えている草とでこぼこの地面。ためらっていたら、諒が私の手をとってくれた。

「こうやって歩けば平気だろ」

今までいちばん近い距離に、胸が大きく跳ねた。

「ひとりで大丈夫だよ」

心臓の音が諒に聞こえてしまいそうで。けれど諒は手を離してくれない。大きな手でしっかり私を連れていってくれる。

桜の木の下でようやく私は解放された。

腰をおろすと、木陰のおかげで暑さが和らぐ。通り抜ける風もやさしく、私の髪をなぞるように吹いていく。

「いろんな色がある」

諒が空を指さした。

「うん」

「空の青、雲の白、水の透明、草の緑、橋の赤」

私の気持ちを言葉にしてくれているみたい。

ああ……もうダメだ。気づかれないように小さく息を逃した。

――私はやっぱり諒のことが好き。好きになってしまったんだ。

本当は少し前に気づいていたのに認めることが怖かった。風に目を閉じる横顔をそっと見つめた。

——好きになってもいいですか？

恋をしていることを認めたばかりなのに、もう次を求めてしまう自分がひどく欲張りに思えた。

はやる気持ちを落ち着かせ、今の光景を写真のように胸に刻もう。

「諒は子どものころ、このへんに住んでたんでしょ？　どんな子だったの？」

「どうだったっけ。あんまり覚えてないや」

そう言うと、諒は風を見るように目を細めた。

「でも、この場所は来たことがある気がする。なつかしいにおいがするよ」

「本当に？」

「よし、今日からここを俺のお気に入りの場所にしよう」

「待って。私が先に見つけたんだからね」

「じゃあふたりのお気に入りってことで」

交わす会話がくすぐったい。

「そういえば、諒の願いごとをまだ教えてもらってなかったよね？　候補はあるって言ってたけど、それってどういう内容なの？」

「言わない」

プイとそっぽを向く諒に、見えないとわかっていながらも頬を膨らませた。

「友だちなんだからちゃんと教えてよ」

自分で言っておきながら『友だち』という言葉に悲しくなった。そう、私たちは友だち。しかもお試し期間中の。

一理あったのだろう、諒は渋々といった感じで私をチラッと見た。

「俺、意外に贅沢みたいでさ、ひとつに絞れないいんだよ。もう少し待っててよ」

「ふたつとかでもいいよ。早く知りたいから、とりあえず先にひとつ教えて」

身を乗り出す私に諒はあきれた表情を浮かべた。

「詩音ってそんな積極的な性格だっけ?」

「人は進化するんだよ」

「なんだそれ」

声にして笑った後、諒は川の流れに目を向けた。瞳に川面がキラキラ反射していてきれい。

「前にも言ったけど、生まれつき心臓病があって。そのせいで子どもの頃は、家にいるよりも病院にいることのほうが多かった」

無意識にツバを飲みこんでいた。ごくん、という音が諒にも聞こえた気がした。

「そんな顔しないで。もう大丈夫だから」

「……大変だったんだね」

諒は親の転勤で関西にも住んでいたという。見知らぬ土地での入院生活はきっとつらかっただろうな……。でも、大丈夫と聞いてホッとした。

諒は木の幹にもたれると、過去を見るように目を伏せた。

「八歳の誕生日もやっぱり病院で迎えてさ。もう一生このままなんだって、夜の受付で泣いたことがあったんだよ」

その気持ちはすごくわかる。私も発病してすぐの頃は絶望を覚え、諒と同じように夜中に病室を抜け出して待合室で泣いていた。

「その時にさ、同じように入院してた『兄ちゃん』に会ったんだ」

「兄ちゃん？」

聞き返すと、諒は軽く首を横にふった。

「本名は知らないんだよ。『兄ちゃん』って呼んでた記憶しかなくてさ。兄ちゃんは交通事故に遭って足を骨折したと言ってた」

「骨折？」

昔、骨折して入院したことがあると、最近誰かに聞いたばかりだ。

ああ、そうだ。奏くんがそんなことを言っていた。もしかして、諒の会った兄ちゃんが、奏くんだという可能性はある。

「ひょっとしてその人って、今二十歳くらい？」

けれど、私の想像は「いや」と首をふる諒に打ち消される。

「俺が八歳の時に倍の十六歳だった。あれから九年経つから、今は二十五歳になってるはず」

「そう……」

しょんぼりする私に気づかずに、「でさ」と諒はほほ笑んだ。

「兄ちゃんは松葉杖をついて病院を抜け出し、コンビニでケーキを買ってくれたんだよ。ふたりで食べたケーキがすごく美味しくってさ。それからは毎晩、兄ちゃんと待ち合わせをして、いろんな話をした」

私にはそういう人はいなかった。同じ病棟にいた小さな子たちにイラストを描いてあげたことはあったけれど、自分のことでいっぱいいっぱいだったから誰かと深い友情を築くことはできずにいた。

「俺は兄ちゃんのおかげで『生きよう』って思えたんだ。しばらくして俺は一時退院をし、兄ちゃんはリハビリ病院に転院。それ以来、会えてない」

「その人に会いたい、っていうのが願いごとってこと？」

言葉にせず、諒はゆっくりうなずいた。

「俺の心臓を守ってくれた人は何人かいてさ、元気になった今、お礼を伝えたいって願っている。あと、会えてないのは兄ちゃんだけなんだよ」

「じゃあ、私がその願いごとを叶えられるようにがんばるよ」

諒に生きる勇気を与えた人に私も会ってみたい。難しいかもしれないけれど、やれるところまではがんばろう。

強い決意を胸に言うけれど、諒の表情は浮かない。

「本名も住んでいるところも知らないんだ。でも、詩音がそういう気持ちになってくれただけでうれしいよ」

なぜだろう、理由もなく諒がいなくなってしまうような気がした。もしも諒がいなくなってしまったなら……そう考えるだけで胸がキュッと痛くなった。

「諒の心臓は本当にもう大丈夫なの？」

「もちろん。若干（じゃっかん）の運動制限があるくらいかな」

「元気になって本当によかったね」

心からそう言った。彼が体育の授業で打ったアタックを思い出した。しなやかに宙で弓のように反った体、その手が放つ強い力。コートギリギリで跳ねたバレーボール。

「俺の願いごとは忘れていいよ。それよりもでっかい願いごとをお願いするつもりだし。それに、詩音は自分の願いごとを叶えなくちゃ」

そう言われても、残りの願いごとはすぐに叶えられそうもない。

明るい日差しに満ち溢れた世界に、また暗い影が忍び寄ってくる。今なら諒にぜんぶ話せる気がした。

「あのね、諒」

「ん?」

「気になってることがあるんだけど……聞いてくれる?」

うなずく諒に、迷いながら口を開いた。

「ずっと……ね、ヘンな予感があるの」

「予感?」

「前にお医者さんに言われたの。五年後の夏くらいに死ぬかもしれない、って……。それが今年なの。八月の終わりにこの世から消えてしまう気がしてるの」

気のせいだよ、と言ってほしかった。諒にそう言ってもらえたなら、この川のように心に流れている不安も和(やわ)らぐような気がした。

奇妙な沈黙のあと、彼は言った。

「気のせいだよ」

ほしかった言葉のはずなのに、私は見てしまった。顔がこわばっていることを。不自然に目を逸(そ)らしたことを。

そうだよね。こんな話をされたって困るよね……。

だから、私は笑うの。諒が悲しむ顔を見たくないから。

5　君の夢を見た

久しぶりに『メシア』に行くと、今日も奏くんがひとりでパソコンに向かっていた。

「よう」

変わらない挨拶にホッとして中に入る。

前回は最後にぎこちなくなってしまったから、今日来ることも悩みに悩んだ。けれど、今の私には使命がある。

奏くんは大きなあくびとともに伸びをしてから、資料の束を渡してきた。

「今度のイベントの詳細。詩音とおばさんのぶんな」

「ありがとう。結構すごい量だね」

『骨髄ドナー登録　イベント概要』と書かれた表紙をめくると、前回のイラストだらけの資料とは打って変わり、当日のタイムスケジュールや担当別の行動表、見取り図などがまとめてある。

「でかいイベントは初めてだから、やってもやっても終わりがねえ。詩音は登録者の補助な。協賛してくれた総合病院の看護師さんたちも参加してくれることになった」

多津子さんの名前を出そうとして、個人情報だと思い留まった。当日、奏くんに紹介すればいいか……。

「開会式にはじまり、市長の挨拶、そのあとは骨髄バンクの現状についての説明、クイズ大会のあとにミツキのトークショーって流れ」

「なにか手伝えることある？」

「いや、特にない。当日は忙しいから、詩音は体力を溜めておくこと。疲れたら途中で帰ってもいいし。あと、余裕があれば友だちに声かけてイベントに来てもらって」

「わかった」

奏くんは片眉をピクンとあげた。

「ううん、やけに素直だ」

「いつも素直です。ていうか、今日は聞きたいことがあってきたの」

奏くんに近づくと、机の上も下も泥棒にでもあさられたみたいにゴチャゴチャしている。気にしないことにして、今日のミッションをこなすことにした。

「奏くんの運転免許証を見せて」

「は？　なんで？」

ちゃんと理由も用意してきた。

「イベントの当日は、骨髄ドナーの質問だけじゃなくて臓器提供についても聞かれるかもしれないでしょ。資料では見たことがあるけど、実際の免許証にある臓器提供の意思表示の欄を見ておきたくて」

なんでもないような顔で言ってみせた。

「健康保険証と項目は一緒だろ」

「それでも念のため確認したいの」

ねばる私に根負けしたのか、奏くんはパンツのうしろのポケットから黒いふたつ折りの財布を取り出し、免許証を渡してくれた。

「なるほど、こんな感じなんだね。ちょっと健康保険証とは違うみたい」

「え、マジか」

奏くんが健康保険証を取り出すタイミングで、さりげなく免許証を表にした。右上に記してある生年月日から計算しても、やっぱり奏くんは二十歳で間違いない。

よく考えたら、諒は引越ししたと言っていたから、入院していたのもこの地区ではないかもしれない。肝心なことを聞き忘れたことに気づき、ガッカリしながら免許証を返した。

「ああ、なるほど。免許証のほうは家族署名の項目がねえのか。勉強になったわ」

納得したように奏くんは何度も深くうなずいている。

「マイナンバーカードなんてもっと記入欄が小さいし」

「意思表示カードは常に持ってろよ。なにがあるかわかんねえから」

「大丈夫、いつも持ち歩いてるから」

本来ならここでミッション完了だ。奏くんが諒の恩人でないことがわかっただけでもよしとしよう。

だけど……。チラッと奏くんを見ると、なぜか向こうも私を窺うように見ていた。

「最近は体調いいのか？」

「実はあんまりよくないの。だから、イベント……もしも出られなかったらごめんね」

「いいさ。無理して出る必要なんてないし」

お互いに肝心な話題を避け、ぐるぐると旋回している。

私たちは、みんななにかを抱えている。誰かに相談できないほどの苦しみを見ないフリして生きている。私も、自分が傷つかないように余計なことは言わず、人とも関わらないようにやり過ごしてきた。でも、今は誰かの傷を癒やせる私になりたいと思う。

「奏くんに話したいことがあったの。この間はヘンなことを言ってごめんね。ほら、お母さんのこと――」

「気にしてねえよ」

声色が固くなるのを感じた。また怒らせてしまうかもしれない。

だけど、どうしても伝えたかった。

「言ってなかったけど、うちの親、前まですごく仲が悪かったんだ。ケンカばっかりしていたしさ」

「マジかよ。はた目には仲がよさそうに見えたけどな」

話の意図がわからないのだろう。奏くんは意味もなく財布を開いたり閉じたりをくり返している。

「少し前に、私爆発しちゃったの。ふたりに対してずっと我慢してきたことをぶちまけちゃったんだよね。しばらくはぎこちなかったけど、今じゃ前よりもお互いのことを思い合えるようになった気がする」

なにを言おうとしているのかわかったのだろう。奏くんはマグカップを手に立ちあがり、給湯室に歩いていく。背中に拒否を感じても、あきらめずに伝えたかった。

「奏くんにそうしてほしいわけじゃないよ」

給湯室の手前で奏くんが立ち止まってくれた。頭で考えることは止めて、心のまま言葉にすることにした。

「言いたいのは、私は奏くんの味方だってこと」

「……なんだそれ」

あごだけこっちに向けた奏くんの声が低い。

「親から愛をもらえなかったから、そのぶん誰かに与えたい、って言ってたよね。奏くんが感じたのならそれが真実だと思う。だから……」

だんだん声が小さくなる自分が情けない。肺に空気をたくさん入れてから、しっかり前を向いた。

「だから、奏くんがお母さんと連絡を取らないって決めたのなら、私はそれを応援したいの」

しばらく黙っていた奏くんが、やがて小さく笑った。

「よくわからないけど、まあ、ちょっとは慰められた気がするわ」

「奏くん……この間はごめんね」

やっと謝ることができた。本当はずっとこの言葉を伝えたかった。

「コーヒー飲むだろ?」

「あ、うん」

「ちょっと待ってろ。……あと、俺もごめん」

給湯室に姿を消した奏くんを確認してから、思いっきり息を吐いた。なんとか伝わってよかった……。

人にはいろんな事情があるから私の主観で意見は言えない。病気になってからいくつもの慰めの言葉をもらった私。ほしかったのはそうじゃなく、一緒に闘ってくれなくとも、そばで応援してくれる存在だった。

「お待たせ。砂糖は入れたけどミルクはナシ」

奏くんからマグカップを受け取る。本当はアイスコーヒーがよかったけれど、奏くんはいつだってホット派。

フーフー冷ましていると、「なあ」と椅子に座った奏くんが首をかしげた。

「最近やたら成長感出してるのはなんで？」

「前にも言ってたよね」

「ひょっとして男でもできたとか？　ダメだぞ、詩音にはまだ早すぎる」

自分で質問しておいて否定してくる奏くんに笑ってしまう。

「そんなわけないでしょ」

だって私にはもう時間がないから。悪い予感を熱いコーヒーで流しこんだ。

今度のイベントは絶対に成功させたい。終わるまで、私の体が持つことを信じるしかない。

ふん、と気合いを入れる私を、奏くんは不思議そうな目で見ていた。

カラオケボックスに入ったのは、小学生の時以来だった。

防音効果は記憶のそれよりも薄く、両隣の部屋から歌声とはしゃぐ声が断続的に響いている。

「で、なんで亜実がここにいるわけ？」

わざとマイクを使って理菜が尋ねた。エコー入りの問いに、森下さんが背筋を伸ばした。

「ＬＩＮＥでもお伝えしましたが、社会勉強のためです。にしても案外照明が暗いんですね。これじゃあ視力が悪くなりそうです」

「受験勉強大変なんでしょ。塾をサボってまでつき合うなんて……」

たっぷり間を取ったあと、ビシッと理菜が森下さんを指さした。

「亜実、あんた最高じゃん！」

うわん、と大きな声が響いた。

このふたり、意外に相性がよさそうだ。ドリンクバーでもらってきたウーロン茶を飲むと、隣の部屋から爆発するような笑い声が聞こえてきた。

今日は理菜とカラオケに来る約束をしていた。前に森下さんが参加したい、と言っていたので理菜に尋ねたところ、既に連絡が行っていたらしくふたつ返事でＯＫをもらった。

「だけどさあ」と理菜がマイクを置いた。

「ふたりとも歌わないなら、カラオケじゃなくてもよかったんじゃね？」

「私のことは気になさらず、どうぞお歌いください」

理菜にリモコンを渡したあと、森下さんはなにか思い出したように目をぱちくりとさせた。

「祖父母からの伝言を忘れていました。月末にあるイベントに参加するとのことです。親戚にもドナー登録をさせるって張り切っています」

「じゃあ、当日はしっかり説明するね」

もうすぐお盆だ。それが過ぎればあと半月ほどでイベント当日を迎えることになる。

ジンジャーエールを口に運んだ理菜が、またマイクを手にした。

「ところで、今日は皆さんに報告したいことがあるのです」

森下さんと顔を見合わせてからふたりで理菜に顔を向ける。理菜はもう小鼻がふくらんでいて、それがうれしい報告なんだとわかった。

「実はあたし、好きな人ができました！」

『た』の音がこだまして消えていく。

「え？　いつ？　同じクラスの子？」

　驚いて尋ねるけれど、理菜は澄ました顔を返してくるだけ。自慢げに胸を反らせているということは、冗談で言っているのではなさそう。

「いえ」と、森下さんがメガネを中指であげた。

「クラスメイトにそのような態度を取っているのは見たことがありません。夏休み中に好きになったのなら別ですけど」

「まあまあ落ち着いて。質問したいのはわかるけど、あたしに語らせてよ」

　マイクを置いた理菜が顔を近づけてきた。

「ほら、あたしってバス通学でしょ？　んでね、毎朝同じバスに乗る三年生がいるの。『かっこいいな』って思う程度だったんだけど、夏休みは会えない。そしたら急に、胸のところがギューーッって苦しくなったんだよ」

　拳を胸に当て、見たこともないくらい顔を赤らめる理菜。

「会えない時間が増えて、初めて自分の気持ちに気づいたんですね」

「そうそう」と、森下さんの分析に理菜は激しく首を縦にふった。

「こんなに夏休みがにくらしいのは初めて。ああ、早く二学期にならないかなあ」

恋をするとこんな表情になるんだ。友だちが恋をしたことで、自分までうれしくなるなんて今まで知らなかったよ。

「わかります」

森下さんがよく通る声で言った。

「実は私も、恋わずらいを抱えています」

「え、亜実が？」

かなり失礼な返しをした理菜にも気づかず、森下さんは憂いのある目でカラオケの大画面に目を向けた。

「家庭教師の先生なんです。実は塾のない日に来てもらってるんですけど。彼は大学生で、花田さんとは違って名前は知っています。けれどプライベートなことを聞く勇気がないまま、もう二年が過ぎようとしています。気づけば好きになっていたんです」

「恋って、前触れもなく訪れるものだもんね」

ふたりの手が私のお腹のあたりで固く結ばれた。

「恋なんて忘れてしまいたい。だけど、忘れられないんです。花田さんのお相手が三年生なら、私より猶予は短いですよね」

「そうなの。留年してほしいって七夕の日に願ったくらい。それなら同じクラスになるチャンスはあるから」

かなりぶっそうな願いごとだと思うけれど、ツッコまないように口を閉じた。

「もっと相手のことを知りたいって思うし、あたしのことも知ってもらいたい。だけど、話しかける勇気もないんだよ」

「そうなんですよね。私の場合は、勉強の話はできるのに、肝心なことはなにひとつ聞けない。聞いたらぜんぶ終わってしまうような……」

もうふたりは、戦友のようにお互いの恋について語っている。

頭の中に浮かぶのは──諒の笑った顔。そういえば、最初に会った時から彼はたくさんの笑顔を見せてくれた。

隣の部屋から聞こえるお世辞にもうまいとは言えないバラードでさえ、私の気持ちをこんなにも揺さぶっている。

検査入院のあと、ずっと体調が悪かった。けれどこの数日、不思議なことが起きている。

諒の写真を見て頭痛が治ったことを思い出し、実践してみたところ嘘みたいに頭痛が消えた。

非現実な出来事も、自分が信じれば現実になる。それ以来、なにかにつけて諒の写真を見てる。頭痛やめまいと引き換えに、諒への想いを募らせながら。

「私も……」

思わず口にしてハッと口を閉じた。結んでいた手を離したふたりに、なんでもないと首を横にふった。

だけど、だけど……。心が答えを求めている。

ふたりに答えをせかされたなら、話せなかったと思う。理菜と森下さんは、まるで暗闇に潜むように体の動きを止めている。

「私も恋をしてる」

固く閉ざした心のカギを開けると、行き場を失った気持ちがあふれ出した。

「初めて会った時は自分の気持ちに気づかなかった。いつもそばにいて心配してくれて、近づいたと思ったら次の瞬間には遠ざかっていて……」

膝の上に置いた手を強く握りしめる。クーラーが効きすぎている部屋なのに、手の中が汗ばんでいる。

理菜が私の肩に手を置いてくれた。森下さんも眼鏡越しの瞳を潤ませている。

そっか。恋をしている人同士だからこそわかりあえることってあるんだね。

「諒のことが――好きなの」

名前を口にすると、体中の緊張が解けた気がした。誰かを応援するのと同じくらい、自分自身を応援してこなかったことにやっと気づいた。

諒のことが好き。好きなのに、私にはどうすることもできない。

「浅倉さん、告白をする予定なのですか？」

森下さんの問いにうなずきたかった。でも、悪い予感が当たってしまったら、どんな返事をもらえたとしても後悔が残ってしまう。

そのことをふたりに話してしまったら、もっと心配をかけることになる。

恋をしたおかげでうまくいくこと、恋をしたせいでうまくいかないこと。うれしくて悲しくて、せつなくて……やっぱりつらい。

鼻が痛くなったと思った次の瞬間には、涙がこみあげてきた。

「大丈夫⁉」

両手で顔を隠しながら理菜の声にうなずいた。

私はこれからどうなっちゃうんだろう。この気持ちを伝えられないまま、世界から消えてしまうのかな……。

「ごめんね。こんな話……ごめん」

「大丈夫ですよ。思いっきり泣いてください」

森下さんの小さな手が私の手に重なった。

「そうだよ。恋ってつらいもんね」

涙声の理菜が、その上に手を置いてくれた。

漏れ聞こえるバラードに耳を傾けながら、私は諒のことを想った。涙の雨を降らせながら、涙の雨に負けながら。

夢を見た。

穏やかな川のせせらぎとセミの鳴き声が音楽のように耳に届いている。

桜の木にもたれて座り、青色の絵の具で塗った空、立体的な白い雲、赤い橋をぼんやり眺める穏やかな時間。

隣を見ると、気持ちよさそうに諒が風に目を閉じている。

こんな日がずっと続けばいいのに。

病気が発覚してから、どれだけ健康が大事かを思い知った。ないものをねだってはあきらめ、打ちひしがれるような毎日だった。

でも今は諒がいる。

「気持ちいいな」

彼の声は魔法だ。私の体を癒やし、この世界に生きる力をくれる。

「そうだね」

この想いを伝えることはないでしょう。

春に出会い、夏に生まれた恋だった。秋まで生きられないのだとしたら、この季節で終わらせたほうがいい。

だって、どんな答えが返ってきても未来は変わらない。諒が受け入れてくれても断られても、つらいのは同じだから。

太陽がまぶしくて泣きたくなる。

まぶたを手のひらで隠し、涙も一緒に隠すの。

「願いごと三つ」

隣で諒がそう言った。

「残りふたつ、叶えられなかったな」

「テストで言えば平均点くらいかな。私にしたらすごすぎる結果だよ」

わざと明るく言ったのに、諒は考えこむように表情を硬くする。ああ、前もこんな顔を見た。あれは、死の予感について話した時だ。

きっと私が死んでしまうことを諒はわかっているんだ。

日差しが急に翳った気がして顔をあげると、いつの間にか諒が立ちあがっていた。

さっきまで晴れていた空は鉛筆で塗りつぶしたようなねずみ色。

「あ……これ夢だ」

あたりを見回すと、諒以外の色が白黒に落ちていた。

「詩音の願いごとを叶えるよ」

諒の声に首を横にふる。

「もうじゅうぶんだよ。残りふたつは、すぐ叶えられない願いごとだから」

本当は違う。諒と一度でいいからデートをしてみたかった。でもやっぱり言えないよ。

諒は悲しげに眉を下げたあと、背を向けて歩き出した。

「あ……」

立ちあがろうとするのと同時に、割れるほどの頭痛が一気に押し寄せてきてうずくまる。

こめかみを押さえても、痛みはどんどん強くなっていく。

「……諒っ！」

諒は立ち止まらない。ふり返ることもなく草むらに足を踏み出す。背中が一気に遠ざかっていく。

「待って！　諒！」

私の声は届かない。願いごとも叶わないまま消えていく。

痛みに耐えきれず悲鳴をあげ、地面に倒れこんだ。空は真っ黒に塗りつぶされていく。

怖い。諒、怖いよ。

手を伸ばせば、指先からボロボロと輪郭（りんかく）が崩れていく。自分の終わりを見ている気がして、ギュッと目を閉じた。ああ、やっぱり私は死んでしまうんだ……。

――トントン。

夜に溶けこむように体が消えていく。

――トントン。

なにか音が聞こえている。同時に「はい」と口が答えていた。

ゆっくり目を開けると、まぶしい照明の中で私は横になっていた。

「寝てる？」

ああ、お母さんの声がする。視界と意識がようやく落ち着いてきた。

ここは私のベッドの上だ。ドアを開けてお母さんが部屋に入ってきた。

……夢でよかった。はあはあ、と息を吐きながら夢の残像を頭から追い出す。

「ひどい汗。水分持ってきたから飲んでね」

「うん」

ガラガラの声に自分でも驚いた。

……そうだった。この数日、熱が下がらずに臥せっていたんだ。

さすがの諒の写真も効果がないらしく、何度見てもせつなさは募れど体調はよくならなかった。

上に目をやれば、黒い空ではなくいつもの天井が広がっている。腋からピピピッと電子音がした。いつの間にか体温計を挟まれていたみたい。

「ずいぶん下がったわね。あともう少しって感じ」

夢は終わったというのに頭痛とめまいが治まらない。呼吸のタイミングでじくじくと脳が痛みを訴えている。寝る前に出した鼻血のせいで、口の中に鉄っぽい味がしている。

体を起こしスポーツドリンクを飲むと、喉が焼けるように痛かった。

「今……何時？」

「夜の七時をすぎたところ。お薬飲まなくちゃいけないから、少しでも食べられる？」

「うん。お父さんは？」

そう尋ねると、お母さんはドアのほうを見やった。

「ここにいるぞ。大丈夫か？」

ドアの隙間からお父さんが覗いていた。スーツ姿のままカバンも手に持っている。帰宅してすぐに様子を見に来てくれたのだろう。

「少しよくなった気がする」

渡されたタオルで汗を拭う。

「うどん作ってくるから、横になって待っててね」

お母さんが出ていくと、しんとした静寂が訪れた。着替えをして布団にもぐりこむと、さっき見た夢の光景がまた頭に侵入してきた。

……怖い夢だった。

世界の終わりのような闇。諒のうしろ姿がまぶたに焼きついて離れてくれない。

スマホを手にすると、理菜からメッセージが届いていた。

『熱は下がった？　早くよくなるといいね』

やさしい理菜に『大丈夫だよ』と返信を打つ。送信ボタンを押してホーム画面に戻るのと同時に、新しいメッセージが届いた。

通知画面に『諒』と表示されている。体を起こし、息をするのも忘れてアイコンをクリックした。

『理菜から風邪(かぜ)引いてるって聞いたけど』

その文字を見たとたん、安堵(あんど)のため息がこぼれた。現実の諒は夢の中の彼とは違う。あんな風に私の前からいなくなったりしない。

同時に、やっぱり諒に告白することはできないと思った。最後の時間を悲しみの中で過ごすのだけは嫌だから。

『大丈夫　いつものことだから』

本当は春以来、久しぶりのダウンだ。すぐに諒からの返事が届く。

『もっと早く報告してくれないと』

『名探偵なのに気づけなかったの？』

冗談めかせた返事に、好きだという気持ちをこっそりこめた。

彼が気づけばいいのに。気がつかなければいいのに。

ふたつの相反する願い。どちらも本当の気持ちだからこそ、もっと悲しくなる。

諒のメッセージをそっと指でさわった。やっぱり好きな気持ちのほうが強いみたい。

次のメッセージを考えていると、頭痛がまた襲ってきたのでスタンプを押し、やり取りを終えた。

お母さんが運んできた卵入りのうどんを半分食べて薬を飲んだ。

真夏の夜というのに、まるで吹雪の中にいるみたいに寒い。震えながらスマホを開くと、諒からメッセージが二通届いていた。

『あと五分したら窓辺に来て』

『ついた』

「え……？」

慌ててベッドから降りてカーテンを開けた。カギを外すのももどかしく窓を開けると、電柱にもたれて諒が立っていた。外灯に照らされている姿は現実味がなくて、今にも消えてしまいそうに思えた。

「諒……」

スマホが震えた。メッセージが届いている。

『症状、治まっただろ？　しばらくここにいるから寝ていいよ』

顔をあげて気づいた。数秒前まであった頭痛もめまいも、悪寒さえも消えている。

暗闇の中、諒の表情はわからないけれど、不思議と笑みを浮かべていることはわかった。

『前から思ってたことがあるの』

『なに？』

『学校にいる時は体調がいいと思ってた。でもそれって、諒のそばにいたからなの？』

前にも感じたことを文字にして送るけれど、既読マークがつかない。代わりに、電柱のわずかな照明の下で、諒はバイバイと手をふっている。

どうして私にやさしくしてくれるの?

うれしさと同じくらいの切なさが胸にこみあげ、すぐに涙に変わった。スマホにまたメッセージが届いた。

『いいから今は寝て　おやすみ』

泣いていることを知られたくなくて、

『ありがとう　おやすみなさい』

そう返信して、窓を閉めた。

ベッドに横になると、彼のやさしさが私を包みこんでくれた気がした。抗(あらが)えない眠気が訪れるのに、時間はかからなかった。

6 願いごと五つ

キッチンに行くと、奏くんと美沙希さんがテーブルについていた。

またリアルな夢を見ているのかと思ったけれど、どう見ても現実。時間も午後四時を過ぎたところだし、昼寝もしていない。

私に気づいた美沙希さんが「詩音ちゃん」と小さく手をふり、奏くんは照れてそっぽを向いている。まるで昔のふたりに戻ったみたい。

「ひょっとして、そういうことなの？」

興奮を抑えきれずに駆け寄ると、

「そういうことってなんだよ」

奏くんが憮然と腕を組む。

「だから、よりを戻したとか……」

それならどんなにいいか。並んで座るふたりを見るのは久しぶりだけど、やっぱり色が同じというか、隣にいることが自然に思えた。

だけど、困った顔を浮かべる美沙希さんを見て、そうじゃないんだとわかった。

「あのね、詩音ちゃん。奏とはもう友だちの関係に戻ったの」

「こいつ転勤を断っただけじゃなく、転職までしたんだってよ。あいかわらずの行動力だろ」

奏くんはあきれた顔をしている。

「ちょっと、人のことを指ささない」

奏くんの人差し指を、美沙希さんがむんずとつかんだあと、「まあ」と続けた。

「ちょうどいいタイミングかな、って。給料は少し落ちるけど、大食いの誰かさんがいないおかげで前より家計に余裕があるし」

「ひでえ」

こういうやり取りは二度と見られないと思っていた。うれしさも大きいけれど、私には理解できない疑問も生まれている。

恋人だったふたりが友だちに戻る。そんなことができるものなの？

ふたりの愛はどこへ消えてしまったのだろう……。

おずおずと向かい側の席に座ると、

「体調がよくないって耳にして来たんだけど、少し落ち着いたみたいだね」

と、美沙希さんが安堵の息を吐いた。

「今回は長かったけど、もう大丈夫。熱も下がったし」

諒が私を救ってくれたんだよ。そんなことを言っても、経験していないふたりには理解できないだろう。

そう考えると、恋人だったふたりが友だちに戻るのもありえる話なのかもしれない。戻るというか、新しいステージに進んだと呼ぶべきか。

「お父さん、よりによって今日が出張になってすごく残念がっていたのよ」

お母さんがお茶を運んできてくれた。美沙希さんが「はい」とうなずく。

「私も残念です。すぐにまた顔を出しますね」

「ひとりで来たって構わないんだからね」

「俺も来させてくださいよ。少なくとも防犯には役立ちますから」

「奏くんは誘わなくても来るでしょ。来週から配信開始の映画があるから初日に観に来るはず、ってお父さんが言ってたわよ」

「バレてたか」

みんなにつられて私も笑った。

熱が下がって以降、体調は安定している。

「そうそう」と、奏くんがカバンから資料を出した。

「イベントのスケジュールの最終版ができたから持ってきたんです。おばさんは受付で、おじさんは会場の案内係。詩音は、体調があれだったら休んでもいいからな」

前に見せてもらったものよりもスッキリ整理されていて読みやすい。ページ数もグッと減っている。

もうすぐイベントということは、八月も終わろうとしているんだ……。

奏くんがこっちを見ていることに気づき、慌てて資料をテーブルに広げた。

「なんだか緊張しちゃうね」

「俺のほうが緊張してんだぞ。ミツキとしゃべんなくちゃいけねえし」

「ミツキじゃなくて、ミツキさんね」

訂正（ていせい）すると「うげ」と奏くんは苦い顔を見せてきた。

「当日はちゃんと呼ぶさ」

それに反応したのは美沙希さん。

「無理だね。アパートの大家さんのことも、何度注意しても『パーマおばさん』って言ってたでしょ。本人に向かって呼びかけてしまって激怒されたこと、忘れたとは言わせないよ」

「それはまあ……」

「普段からきちんとしてないと、いざとなった時にできないことは立証済みなんだよ、君」

　名探偵が犯人を指摘するような口調だ。お母さんがおかしそうに笑った。

「まあ、そんなあだ名で呼んでたの？　じゃあ私のことも陰でなんて呼ばれてるかわからないわね」

「うげえ。女性陣怖え～」

　天井に目をやって奏くんは嘆いているけれど、大事なゲストを呼び捨てされてはかなわない。私も釘を刺しておかないと。

「奏くんはイベントリーダーなんだからね。当日はボランティアスタッフもたくさん参加するんだからちゃんと――」

「わかったわかった。ミツキさん、な。これでいいだろ？」

　前から子供っぽいと思っていたけれど、美沙希さんがいなくなってからの奏くんは輪をかけてひどい。やはり保護者的な役割が必要なのかもしれない。

　人の恋愛を心配している場合じゃない、と気持ちを切り替えてお茶を飲む。

奏くんが見取り図を開いた。

「当日、駅ビルに控室を借りてたんだけど、ミツキが——ミツキさんが使うらしくて埋まっちまったんだ。コーディネーターから、音響や設営スタッフとボランティアスタッフにも部屋が必要だって言われて、仕方なくもう一部屋押さえることになった。もうこれで予算いっぱいだ」

まあそうだろうな、と思った。月末のイベントは奏くんだけでなく関わってきた私たちでさえ経験したことのない大規模なものだから。

「大丈夫だよ。必要な物はポーチに入れて持ち歩くから」

「悪いな」

なにやら見取り図に書きこみながら「あとさ」と、奏くんが続けた。

「母親と会うことになった」

「え?」

私よりも先に美沙希さんが目を見開いた。

「奏、お母さんに連絡したの?」

「こいつに言われてな」

苦い顔で奏くんは私を指さしてきたので、ブンブンと首を横にふった。

「そんなこと言ってないでしょ。私は奏くんを応援するって言っただけ」

「ふ」とひと声で笑ったあと、奏くんは腕を組んだ。

「あの話のあと、急に自分が子どもっぽく思えてさ。電話をしたら、話もできないくらい泣き崩れてた。ただ、俺はまだ許す気はない。そのこともちゃんと伝えた」

大きく息を吐いたあと、奏くんは肩をすくめた。

「それでもいいんだ、ってさ。今度のイベントに来てくれることになった」

「そうなんだ……」

うなずくとともに罪悪感のような感覚を覚えた。

「奏くん、無理してない？」

余計なことを言ったせいで無理をさせたかもしれない。暗い気持ちを払拭するように、奏くんは「ガハハ」と声にして笑った。

「なんでそんな顔してんだよ。俺が決めたことを応援するんだろ？」

「うん。応援する。もしもケンカになりそうになったら私が止めるから」

「応援するなら加勢してくれてもいいんじゃね？」

ニヤッと奏くんが笑った。どうやら無理はしてなさそうで安心した。

パチンとお母さんが手をひとつ打った。

「すばらしいことじゃない。奏くんのお母さんに私も会いたいわ。あなたのことを褒めまくってあげるからね」

「たのんます」

頭を下げる奏くんの向こうに、壁掛けカレンダーが見える。

あと一週間でイベントの日がやってくる。早くその日が終わり、九月を迎えたいな。そうすれば、心から笑える気がした。

その時、テーブルに置いたスマホが急に震え出した。着信を知らせる画面に『日比谷諒』と表示されている。

「あ、ごめん。電話」

サッとスマホを手にしてリビングを飛び出た。

「走らないで」

お母さんの声に返事をする余裕もなく部屋のドアを閉め、応答ボタンをスライドさせるけれどうまくできない。落ち着いて、と自分に言い聞かせた。

「もしもし」

『ああ、詩音』

「うん」

『体調どうかな、って思ってさ』

低くてやさしい声が聞こえる。気づいたら絨毯の上に座りこんでいた。

「この間はありがとう。諒のおかげで熱も下がったし、症状も治まってるよ」

『メッセージはもらってたけど、直接聞いて安心したかったんだ』

足りなかった栄養素が体に染みわたっていくような感覚。聞き逃したくなくて、目を閉じ諒の声に集中する。

好きだよ。諒のことが好きでたまらない。

自分の運命がどうなろうと、この気持ちは変わらない。想いを言葉にしたい、と本気で思った。

「あの……ね」

『うん』

「……諒は元気でいるの？」

やっぱり勇気がなくて、核心を避けてしまう。

告白をしたら、諒はどう思うのだろう？　好きな気持ちが大きくなるほど、自分でもどうしていいかわからなくなる。

『元気だよ。暇すぎて困ってるくらい』

「前に住んでたところに遊びに行くとか?」

『ああ……それもいいね』

そう言ったあと、『あのさ』と諒はくぐもった声になった。

『詩音の体調がよくなったなら、お願いしたいことがあってさ』

「体調は大丈夫。諒の願いごと……叶えてなかったもんね」

兄ちゃんに会いたいという諒。まずはどこの病院で出会ったのかを聞こう。夏休み中だし、ふたりで行ってみるのもいいかもしれない。

頭の中で計画を立てていると、

『ごめん。あれはもういいんだ』

申し訳なさそうに諒は言った。

「え?　兄ちゃんって人はいないってこと?」

『いや、きっといる。でも、本当の願いごとを思いついたんだ』

話の流れについていけず頭が混乱している。耳に当てたスマホをギュッと握りしめていると、諒は言った。

「俺の本当の願いごとは、『デートをしてみたい』ってこと」

「え……」

それは私の五つ目の願いごとだ。願いごとノートを見せたことがないのに、どうして諒が知っているの？　いや、ただの偶然…？

ありえないほど速く心臓が鼓動を打っている。カラカラに渇いた喉のせいで、なにも言葉が出てこない。

黙りこむ私に諒は言った。

『詩音、俺とデートしてくれない？』

と。

改札口を出たとたん、たくさんの人の波が目に入った。

最寄りの駅から二十分ほどなのにまるで違う。目の前には大きなビルが立ち並んでいて、大通りにはたくさんの店舗が軒を連ねている。

人が集まる場所は、ウイルス感染が怖くて避け続けてきた。そんな私が、マスクはつけているとはいえ何年も訪れていなかった大きな駅前に立っている。それもデートをしに。

行き交う人々の表情が幸せそうに見えるのは、私の気持ちを反映しているのかもしれない。ビルの向こうに半分隠されている太陽でさえ、私を祝福してくれている。

あの電話以降は、なにをしていても今日のことばかりを考えてきた。

八月二十七日、水曜日。私はこの日を永遠に忘れないだろう。

『恋をしてデートをしてみたい』

私の願いごとの五つ目と同じことを諒も……。こんな偶然があるなんて、うれしくてたまらない。

願う、ということは、諒はまだ恋をしていないのかな。それとも、恋をしたからデートしてみたいのだろうか。どちらにしても対象は私で……ダメだ。また緊張してきた。

電車が到着したらしく、改札口を抜けるレースがはじまっている。どんなにたくさんの人がいたって、すぐに彼の姿はわかる。麻のシャツと紺色のTシャツ、黒いパンツというコーディネートが、いつもより諒を大人に見せた。

ゴールを抜けた諒が、私を見つけて小走りに駆けてくる。

「お待たせ」

とろけるような笑顔に、ロボットのようにカクカクとうなずいた。

「ぜ、全然。今ついたところだから」

「あいかわらずにぎやかだな。本当にここで大丈夫だった？」

「実は今日のために検査に行ってきたの。そしたら結果がよくなってた。予防を怠らなければ、という条件つきで制限がなくなったの。ぜんぶ、諒のおかげだよ」

　さすがにお母さんにどこに行くか、については言えなかったけれど。

「俺は別になんにもしてないよ。でも、よかったな」

　うれしそうに笑ったあと、諒の表情がわずかに曇った気がした。けれどそれは一瞬のことで、すぐに太陽みたいな笑みを浮かべた。

「じゃあ早速出かけようか。俺もあんまり詳しくないけど、いくつかはネットで調べてきた。暑さ対策と水分補給はこまめにな。疲れたらすぐに申し出ること」

　まるで引率の先生みたいな言い方だ。

　とりあえず歩くことにして、向こうから来る人を避けながら歩いた。

「こう見ると、俺たちが住んでるとこって実は東京じゃなかったのかも」

　その気持ちはすごくわかる。普段はこんなにたくさんの人を見ない。

　横断歩道の信号が青に変わり、諒のうしろに隠れるように渡った。

　諒とデートをしているんだ……。

　ひとつを除いてすべての願いごとが叶うなんて、ゴールデンウイークの頃には想像もしていなかった。ぜんぶ、諒のおかげだ。

「懐かしい。ここに昔本屋があってさ、親に連れてきてもらったことがある」

彼の思い出話を聞きながら、いつまでも歩けるような気がした。

私のリクエストでランチはネットに載っていたパスタ専門店へ。ずいぶん並んだけど、その時間ですら愛(いと)おしかった。

私はジェノベーゼを、諒はハンバーグミートソースを食べた。食後の紅茶を飲みながら、私たちはいろんな話をした。途切れることのない会話の中で、彼はいろんな表情を見せてくれ、そのたびに胸が何度も音を立てた。

デートというからには、ひょっとしたら今日、諒から告白されるのかもしれない。期待してしまう自分を止めようとしても無理だった。

もし告白をされなかったら、私からするつもりだ。少し前なら考えられない決心を抱いている自分が誇らしかった。

「体調は平気?」

諒がテーブルの上に片肘をつき、手の甲に頬(ほお)を乗せた。

「その質問、今日だけで三回目だよ」

心配をかけてはいけない、と冗談っぽく答えた。それでも諒は、慎重深く上目遣いで見てくる。

「リハビリにしても、さすがにハード過ぎたかなって」

「不思議と諒といると体調がいいんだよね。それにそこまで歩いてないし」

諒がいれば平気。今すぐにでも告白したい気持ちが、言葉になってあふれてきそうで、汗をかくグラスに視線を逃がした。

「諒は……なんでこの場所に、その……ふたりで来たかったの？」

きわどい質問を投げると、諒は困ったように肩をすくめた。

「前にすごい流行ったドラマがあってさ、たしか『かなわない、この恋』ってやつ。この街が舞台になってるから見てみたら、なんかあこがれちゃって。主演はミツキ」

「え、ミツキさんが？　ミツキさん、今度のイベントに出てくれるんだよ」

ネットでミツキさんについて調べたけれど、そんなタイトルのドラマは見なかった気がする。諒が目を細めて窓の外に目を向けた。

「近くだから来てみたいと思ってた。入退院くり返してた頃は、こんな風に出かけられるとは思っていなかったけど」

私よりもずっと長い間、入退院をくり返していたそうだから、最後の退院はうれしかっただろうな。

「諒が病気を克服したのは何歳の時なの？」

なにげない質問だったのに、諒はサッと顔をこわばらせた。急激な変化に驚いていると、すぐに諒は取り繕った笑みを口元に浮かべた。

「十二歳の時。あれから五年も経つのに、あの時の恐怖を思い出してしまうんだよな」

「ヘンなことを聞いてごめんね」

「いや」と諒が肩をすくめた。

「トラウマみたいなもんだろうな。詩音も入退院は大変だっただろ?」

夜の病院を思い出す。逃げ出したくて、だけど家には帰れなくて……。

「最初に入院した時は泣いてばかりだった。なんで私なの、なんで学校に行けないの、なんでひとりぼっちなの、って」

「わかるよ。夜になると特に心細くってさ。受付んとこで兄ちゃんに話を聞いてもらったもんだよ」

懐かしそうに諒は目を伏せた。小さい頃ならなおのこと、入院生活は怖かっただろう。兄ちゃんという存在がいてよかったと心から思えた。

「私は待合室で泣いてた記憶があるよ。看護師さんが『詩音ちゃーん』って病院中を探し回っててね。見つからないようにずっとかくれんぼをしていた記憶があるの」

「病室に戻るのは怖いもんな」

「寝てしまったら、夜に食べられてしまって二度と目を覚まさないんじゃないかって」

「夜に食べられる感覚、すごくわかるよ」

諒も同じ気持ちだったんだ。それがあまりにもうれしくて、気づけば「諒」と名前を呼んでいた。

「前、熱が出た時に家の前まで来てくれたよね。すごくうれしかった」

抑えようとしても言葉があふれてくる。

「私が今日ここに来られたのは諒のおかげだよ。諒がいてくれるおかげでこんなに元気になったんだよ」

このまま気持ちを言葉にしよう。好きだと諒に伝えよう。

けれど決心は、「そう」という諒の短い言葉であっけなくしぼんでしまった。

まるで私を拒否するように諒は苦しそうな表情を浮かべている。さっきも同じ表情を見たことを思い出した。

自分でも気づいたのだろう、諒はニッと取り繕った笑みを浮かべた。

「トイレ行ってくるわ」

「……うん」

足早にトイレに向かう諒を見送ってから、大きく息を吐いた。

自分が制御不能になるのは初めてのことだった。焦ってはダメだと、深呼吸をした。窓の外を見ると、目の高さより上には、看板やポスター、大きすぎる液晶ディスプレイの広告が並び、文字と色にあふれている。

たくさんの音楽が左右から流れ、そこに人のざわめきがかぶさっている。ビルに隠され、空はいびつな形に切り取られていた。

「詩音」

声をかけられ顔を向けると、諒は伝票を手にしていた。

「これから連れていきたい場所があるんだ。もう少しだけ歩ける？」

「もちろん」

さっきよりもやわらかい表情にホッとしながら、私は立ちあがった。


エレベーターの天井に星が映っている。実際の風景ではなく、映像に映し出されたＣＧの星空に向かってエレベーターはぐんぐん上昇していく。

もうひと組乗っているカップルは手をつなぎ、天井を見てはしゃいでいる。

「宇宙船に乗ってるみたいじゃない？」

諒が耳元でささやいたから、ドキンと胸が弾んだ。

「あ、うん。……たしかに」

緊張しすぎてヘンな返し方になってしまった。

本当に宇宙に旅立っているみたいだ。幻想的な音楽と一緒に空へ。隣には大好きな諒がいる。

……デートをしているんだ。改めて確認すると、頰が熱くなった。

「ここは、この街で二番目に高いビル。屋上から360度東京が見渡せるんだ」

「諒は来たことがあるの？」

隣のカップルに聞こえないようにヒソヒソ声で交わし合う。

「ここは初めて来た。ほかにも中央棟と西棟があって、そこは一度だけ行ったよ」

「ほかにも建物があるんだ？」

「ここは東棟で、景色を見たいならここがいちばん。まあ、ネット情報だけど」

エレベーターの上昇が止まってドアが開くと、

「うわあ」

思わず声をあげてしまった。

ガラス張りの向こう側にミクロサイズの街並みが広がっている。はるか遠く、かすんで見えないほど続くビルの群れ。ミニカーサイズの車がちょこちょこと走っている。

「すごい、空が近い！」

遮るものがない空は広くて、手を伸ばしたら今にも届きそう。広い屋上にはカフェやバーがあって、カップルや観光客でにぎわっている。

近くのガラスに手をついて眼下を見下した。ここにたくさんの人が住んでいるなんて不思議。

遠くの空に黒い雲が広がっているのが見えた。風向きから見てこっちに近づいてきそうだ。

「雨が降りそうだな」

と、諒もにくらしそうに雨雲をにらんでいる。

またシンクロしたみたいでうれしくなった。好きと伝えたい気持ちがどんどん強くなるのを感じる。

その時だった。諒が私の隣からいなくなったかと思うと、なにも言わずに私をうしろから抱きしめた。

「……え⁉︎」

驚きのあまり声をあげてしまった。見ると、周りのカップルも同じような格好で景色を眺めている。

「こうやって景色を見てみたかったんだ。迷惑ならやめる」

諒の声がすぐそばで聞こえる。呼吸する音も、その鼓動も。

「だ、大丈夫……」

息が、うまくできない。ガラスに置いた手が一気に汗ばんでいるのがわかった。

「少しだけこのままでいさせて」

「うん」

諒に抱きしめられて見る街は、輝きにあふれていて、雨雲にも負けない。

ああ……。諒の心臓と私の心臓が一緒に鼓動を刻んでいるみたい。ふたつの心臓がまるでひとつになっているように感じた。

「俺さ」

耳もとでささやく声が、紅茶に入れる角砂糖のようにすっと私の中に溶けていく。

「詩音と友だちになれてよかった」

「私も……私もだよ。友だちになれてよかった」

そして、それ以上の存在になったんだよ。諒がそばにいてくれれば、世界はこんなに輝いている。これが、恋なんだね。

想いを伝えるなら今しかない。

「あのね、諒――」

言いかけた私から、フッと温度が消えた。抱きしめられていた腕が離れ、諒はもう出口の方を見ていた。

え、どうして……？

さっきまであった温もりがもう恋しい。もっと諒の温度を感じたかったのに、なぜ？

突然の変化に、景色も急に翳ったように思える。

数歩進んでふり向いた諒は、口をギュッと結び、真剣な表情をしていた。

「君の願いごとをぜんぶ叶えるつもりだった」

風が彼の声を奪っていく。近づきたいのに、足が動いてくれない。

「ひとつだけ叶えられなくて、ごめん」

頭の中がぐちゃぐちゃに混乱していく。諒はなにを言っているの？　どうしてそんなに苦しい顔をしているの？

「大丈夫だよ。残りの願いごとは将来の夢で――」

「ごめん」

私の言葉を遮る諒。彼を取り巻いている空気がさっきまでと違うことがわかり、キュッと唇を噛んで言葉を止めた。

深い息を吐いたあと、諒は言った。

「もう、会えないんだ」

「え……？」

「今日で詩音に会えるのは最後になる」

「待って……」

「引っ越すことになったんだ。二学期から、違う高校へ転校する」

雨雲はもう私たちの上で、今にも落ちてきそうなほど重く広がっていた。


昼過ぎのファミレスは閑散(かんさん)としている。

ひとり客、親子らしき三人組やカップルもみんなスマホとにらめっこをしている。ナイフとフォークが食器をこする音だけがやけに大きく響いている。

「なるほど。この数日既読スルーだったのはそういうことか」

向かいの席に座る理菜(りな)が、ポテトを口に運んだ。

「ごめん。なにがなんだかわからなくって……」

「諒はなんで転校するのか説明してくれなかったの？」

「言われたのは、もうすぐ引っ越しをするから会えるのは今日が最後になる、って。それだけ……。あとはメッセージをしても電話をかけても……」

胸が痛くて、言葉が最後まで出てくれない。

夢だったなら、と何度も思った。目覚めるたびに現実だったと知り、さらに打ちのめされているような日が続いている。

見かねた理菜が私の家に乗りこんできて、母親を説得した上でここに連れ出したのは一時間前。ウーロン茶を入れたコップは汗をかき、滴がテーブルに丸いシミを作っている。

しばらくなかった頭痛が、じわじわと私を追いつめている。体調が悪くなることよりも、彼に会えないことのほうが悲しくてたまらない。

「解せませんね」

メガネを中指でクイッとあげたのは、理菜の隣に座る森下さんだ。

「森下さん、夏期講習は行かなくて大丈夫なの？」

心配になり尋ねると、

「大丈夫じゃありません」

澄ました顔で森下さんが答えた。「でも」と森下さんは理菜のほうへ顔を向ける。

「午前の授業中、あんなに不在着信を残されたら、誰だって早退するしかありません」

「悪かったね。だって亜実にしか相談できなかったんだもん。ほら、ポテト食べる？」

お皿ごとポテトを差し出す理菜。

「ご遠慮します。過多なカロリーは摂取しないようにしているんです」

キッパリと断ったあと、森下さんは私に視線を戻した。

「まあ、友だちのピンチですから気になさらないでください」

シュンとする私は、現実と夢との間にいるような感覚のまま。最高のデートの最後に、あんなことを言われるなんて思ってもいなかった。

「そんなことより、解せないってどういうことよ」

理菜が問うと、森下さんはメガネ越しの眉をひそめた。

「先生から日比谷くんが転校することは聞いていません。ということは、夏休み中に転校することが決まったことになります。そんな急に決まるものでしょうか？」

「たしかに謎だわ」

ポテトの器を自分の前に戻した理菜が、「ねえ」と私に顔を向けた。

「詩音の気持ちを聞かせて。諒のこと、まだ好きなんだよね？」

「うん、好き」

迷いなく答えた。

願いごとが叶ったとたんにフラれたようなもの。抱きしめられた時、あんなに近くに彼の鼓動を感じた。まるで二つの心臓がひとつになったかのように思えたのに、今はもういない。

「諒に会いたい。でも……もう会えないなんて」

頭じゃなく、心が会いたがっている。私を形成している細胞すべてが諒に会いたいと叫んでいる。

「あたしも亜実もおんなじ。夏休み中は通学のバスに乗らないし、亜実だって家庭教師を休みにして夏期講習に通ってる。会いたい気持ちはわかるよ。ね？」

「はい」と森下さんはうなずいた。

「でも、私たちは二学期になればまた会えます。でも、浅倉さんは逆なんです。今、会えるのなら会いに行くべきだと思います」

森下さんのまっすぐな視線に、首を横にふった。

「迷惑なんじゃないかなって……。それに、諒がどこに住んでるのかも知らないし」

助けてもらってばかりいたけれど、私は彼のことをなにひとつ知らない。

諒に会いに行く資格なんて、私にはきっと――。

「もしもし？」

理菜の言葉に顔をあげると、スマホを耳に当てている。

「そう、あたし。ちょっと聞きたいことがあるんだけど、今大丈夫？　転校することになったって本当なの？」

慌ててスマホを奪おうとするが、闘牛士のようにサラリとかわされてしまった。立ちあがった理菜がスマホを持っていない手を腰に当てた。

「急に決まったわけね。それは仕方ないけどさ、大事な友だちを傷つけるってどういうこと？　あたし、マジで怒り心頭ってやつなんですけど」

「理菜っ！」

腕を伸ばす前に、理菜は店外へ逃亡した。まさか諒に電話をかけるなんて……！

追いかけなくちゃ。このままじゃケンカになってしまう。立ちあがろうとする私の肩に、森下さんの手が置かれた。

「ここに来る前にふたりで話し合ったんです。浅倉さんが私たちと音信不通になったのは、きっと日比谷くんとなにかあったからだ、って」

「え……」

「日比谷くんに今日、予定がないことは確認済みです。浅倉さんはもう一度、日比谷くんに会うべきです」

その言葉に、体の力が抜けていく。背もたれに体をあずけると、自分のじゃないような深いため息がこぼれた。

「怖いの。会ったらきっと想いを伝えてしまう。もう会えないのにそんなことをしたら、諒を困らせてしまうから」

ズキンと頭の奥に痛みが生まれている。会いたいと泣くように、痛みはどんどん強くなっている。理菜が戻ってきて、私の隣に座った。

「一応約束は取りつけてきた。行くか行かないかは詩音が決めればいいから」

「うん……嫌われたらどうしよう」

また拒絶されたら今度こそ立ちあがれなくなる。勝手に涙があふれ、視界をぐにゃりとゆがませた。

「大丈夫。会えるチャンスがあるんだからがんばらないと」

「ずっと……」洟(はな)を啜(すす)って言葉をつなげる。

「ずっとひとりだった。そのほうがいいと思ってた。空想をしていれば病気のことを忘れられたし、誰にも迷惑をかけたくなかった。でも、諒に出会ったの。理菜とも親友になれたし、森下さんとも。諒のおかげで世界が変わったの……」

ポロポロと涙がテーブルに落ちていく。諒は私を現実世界へ連れ出してくれた。なのに、もう会えないの……？

「詩音」

理菜が私の肩をギュッと抱いた。

「あきらめちゃダメだよ。私がスマホを失くした時だって、詩音はあきらめなかったじゃん。今度は自分のためにがんばらなくちゃ」

「そうです」と森下さんがメガネを取った。

「こういう時に助け合うのが友だちだと思います。告白をしなくとも、せめてさよならを伝えるべきだと思います。そうしないと、ずっと後悔することになります」

後悔したまま死にたくないのは事実だ。

「……わかった。会いに行く。だから、一緒に近くまで来てほしい」

「当たり前じゃん。ついてくるな、って言われても近くまで行くつもり。諒は、『三十分後に河原にある桜の木の下にいる』ってさ。場所、わかる？」

うなずくと同時に決心がついた。

理菜と森下さんが心配してくれている。諒を困らせたくなかったけれど、一度くらい自分の気持ちのまま動いてもいいのかもしれない。

会いに行こう。たとえ、これが最後だとしても。

堤防の階段をおりるころには、世界は夕焼けに包まれていた。流れる雲も、端の部分をオレンジ色に染めている。彼と見た美しい景色が、悲しい色で瞳に映っている。

長い影と一緒に階段を数段おりた。ふり返ると、理菜と森下さんが心配そうな顔を浮かべていた。

「なにかあったら連絡して。すぐに迎えにくるから」

「私もです」

ふたりに大きくうなずいた。

「ありがとう。がんばってくるね」

もしふたりがいなければ、今ごろ家で泣いていただろう。最後に会う勇気はふたりからもらったプレゼントだ。

「日曜日のイベント、あたしたちも応援に行くからね」

理菜の言葉に、もうすぐ月末なんだと思い出した。それくらい、この数日は諒のことで頭がいっぱいになっていたんだな……。

さっきからゾクゾクと体から体温が奪われている。免疫力(めんえきりょく)が低下し、熱が出てきたのだろう。痛む頭をこらえながら慎重に階段をおり、追い風にはげまされながら桜の木へ近づく。

木にもたれて立っていた諒が、私に気づき顔を向けた。逆光のせいでどんな表情をしているのかよく見えない。

「諒」

名前を呼んでも、風がさらっていくようで。

早足で近づく私に、諒が手を差し出してくれた。けれど、間違いに気づいたようにすぐに手は元の位置に戻ってしまう。

これから傷つくのかもしれない。悲しい予感に気づかぬフリで、諒の前に立った。

やっぱり頭痛やめまいの症状は消えている。でも、そんなことよりも、諒に会いたかった。会いたかったんだよ。

「急に呼び出してごめんね」

そう言う私に、諒は黙って首を横にふった。

「理菜が強引なのはわかっているから」

「うん。でも、ごめん」

草木が風に揺れる音、川の水音、カラスの鳴き声。周りの音に負けるように言葉が出てこない。やっぱり告白なんてできないよ。さよならも言いたくない。

「俺は……」

諒はまぶしそうに夕日に目を細めた。

言うべきか迷うように何度も逡巡をくり返したあと、諒は深いため息をこぼした。

「詩音に生きている意味を与えたかった。五つの願いごとをひとつでも多く叶えたかった。だけど、それは君にとって残酷なことだったのかもしれない」

「そんなことないよ。願いごとを叶えてもらって、本当にうれしかったよ。諒に会えてから体調もよかったし、幸せだった」

好きだった。ううん、今でも大好き。だけど、諒は苦しそうに顔をゆがませていく。

「幸せを感じたぶん、自分の運命にもっと絶望することになる」

「諒……わからないよ。諒の言っていることがわからない」

どうしてそんなに悲しい顔をしているの？

あの日の出会いを、ふたりで過ごした時間を、一緒に見た東京の街もぜんぶ、なかったことにするの？

「運命は変えられない。もうすぐ……運命の日が来る」

今にも泣きそうな顔で諒が口をつぐんだ。胸がズキンと痛みを生んだ。

同じようなことを前にも言われたことを思い出す。

「私の運命は……八月末に死んでしまうこと。諒はそのことを知っている……。そういうこと、なの？」

　どうして諒は私の運命を知っているの？

　聞きたくても肝心な時には言葉に詰まってしまう。私は……なにも成長していなかった。

諒がいたから、強くなれた気がしていただけなんだ……。

「運命は変えられないことは知っていた。だけど……少しでも詩音を笑顔にしたかった。そのぶんもっと悲しませることに気づいてしまった。だから……俺は逃げたんだ」

　涙で潤む瞳を見て確信した。

　私の運命は――きっと本当のことなんだ。なぜ諒がそのことを知っているのかはわからないけれど、彼の言うことはいつも本当のことだったから。

　視線を落とすと、今にも地面が割れて落ちていきそうな感覚を覚えた。でも、これで最後なら、悲しい顔で別れたくない。

　すうっと息を吸ってから口元に笑みを浮かべた。

「どんな運命が待っていたとしても、諒がそばにいてくれたことは本当だもん。諒と一緒に願いごとが叶えられてうれしかった」

「詩音……」

「それに諒だって、兄ちゃんに会う『お試し用の願いごと』は叶えられてないままでしょ。

私、運命に抗うから。諒の願いごとを叶えられるようにがんばるから」

　こみあげてくる涙をこらえてニッと笑った。

「……詩音は強くなったんだな」

「諒がくれた力だよ。だから、転校しても元気でいてね」

　そう告げると諒は、わずかにうなずいてくれた。終わりの場面なんだと自分に言い聞かせた。ちゃんとお別れをしないと、あとで悲しくなる。諒も、私も。

「詩音のイラストレーターになる夢が叶うといいな」

「うん、がんばる」

　寒くないのに唇が震えてしまう。最後は笑顔で別れたいのに、今にも涙が頬にこぼれてしまいそう。

「諒、元気でいてね」

　夕焼けが早く終わればいいのに。夜になれば、今にも泣きそうな顔を見られなくてすむのに。

　最後まで気持ちを伝えられないまま、諒が今、背を向けた。

「詩音、さよなら」

「うん、さようなら」

唇に力を入れ、明るく言うことができた。歩き出す諒の姿がぼやけたと思ったら次の瞬間、頬に熱い涙がこぼれていた。

ふりむかないで。行かないで。ふりむかないで。行かないで。

願いごとをもうひとつ叶えられるのなら、諒と一緒に生きていくこと。

「負けたくない。負けたくないよ……」

ひとりで運命に立ち向かうことなんてできない。

諒の姿が見えなくなるのを確認したあと、私はその場にしゃがんだ。

「うう……」

涙を解放すると、信じられないくらいボロボロとこぼれていく。

泣いて泣いて泣いて、気づけば空には夜が近づいていた。夕焼けは視線と同じ高さでわずかに残っているだけだった。

もう、諒には会えないんだ……。

立ちあがろうとした時、なにか光っているものが木の根元に見えた。諒が立っていた場所だ。

手に取ると、それは丸い形のアクリルでできたキーホルダーだった。

「え……どうして？」

薄暗い世界でもわかる。
そのキーホルダーに描かれているイラストは、私の描いた『わにゃん』だった。

7　そして、運命の日に

八月三十一日、日曜日。

リビングにおりると、お母さんが慌ただしく出かける準備をしていた。

「おはよう。先に行って準備しているからご飯食べてね。体調はどう？　無理しなくてもいいのよ」

バタバタとバッグを手に走り回っている。

お母さんの着ているTシャツはピンク色で、大きく『骨髄（こつずい）ドナー登録キャンペーンｗｉｔｈミツキ』と書かれてある。今回のイベントのために作られ、スタッフに配布されたそうだ。当然、私のぶんも支給されている。

「じゃあ先に行ってるから。そうだ、あとでお父さんに迎えに――」

「お母さん」

言葉の途中で遮（さえぎ）ると、お母さんはきょとんとした顔で動きを止めた。

「いつも、いろいろありがとう」

「え……どうしたのよ」

私の顔をじっと見ながらいぶかしげに前の席につく。

「どうもしないよ。でも、発病してからお母さんやお父さんには大変な思いばかりさせてるから。これでも感謝してるんだよ」

運命に抗うと決めたのに、とうとうなにもできないまま当日を迎えてしまった。もしもこれが最後になるのなら、きちんと感謝を伝えておきたかった。

「やだもう。急にヘンなこと言わないでよ。検査結果もよくなったし、詩音(しおん)はもう大丈夫よ」

照れたように頬を赤らめ、お母さんはバッグを手にリビングを出ていく。

……伝えられたんだよね？

今日だけじゃなく、いつも感謝を言葉にすればよかった。

お父さんもお母さんも悲しむだろうな……。検査結果がよくなり、ふたりはよろこんでいる。そんな中で私がいなくなったら、そのぶん悲しみも深いだろう。

「ごめんね……お父さん、お母さん」

体調は最悪だった。諒(りょう)と最後に会った日を境に、これまでのぶんをまとめて上乗せするように体のあちこちが痛くて苦しくて、立っているのもつらいほど。

でも……みんなに迷惑をかけたくない。

スマホを開き、何百回も見てきた諒の写真を映した。痛む胸をこらえて諒の笑顔にほほ笑みを返せば、まだ少し効果があるみたい。視界が少しスッキリした気がした。

そろそろ出かけることにし、Ｔシャツの上にオーバーサイズのシャツを羽織(はお)る。

ロングスカートのポケットから『わにゃん』のキーホルダーを取り出した。

何度見ても間違いない。願いごとノートに挟んである清書したイラストと同じだ。

「どういうことだろう……」

あの日からずっと考えても答えは出ないまま。諒に聞いてみたかったけれど、さよならをした手前できなかったし、聞くのが怖かった。

ほかにも気になることがいくつかある。諒はどうして私の願いごとが五つあることを知っていたのだろう。イラストレーターになりたい夢を知っていたのはなぜ？

考えれば考えるほどわけがわからなくなり、結局はあきらめた。

いつか再会できる日が来たら聞いてみたい。だけど……。

暗くなりそうな思考をふり切り、家を出て駅へ向かった。

駅前広場にはすでにたくさんの人が集まっていた。

ステージにはまだ誰も立っていないのに、観客席に並んでいる椅子は満席状態で、座れなかった人が周りに群がっている。ボランティアスタッフが拡声器で『撮影はお断りしております』とくり返し告げているけれど、どの手にもスマホが構えられていて、ミツキさんの登場を待ちわびている。

マスクをつけていないことに気づき、急いで装着した。諒の写真をもう一度眺めて、大きく深呼吸。イベントの時間はなんとか耐えられるかもしれない。

「詩音」

いつの間に隣にいたのか、奏くんが立っていた。

ピンクのTシャツが似合わなさすぎ。でも、うまく笑みは作れなかった。

「体調いいのかよ。てっきり休むかと思ってた」

「うん、大丈夫だよ。すごい数の人だね。ミツキさんの出番って最後だけだよね？」

元気な声を意識すれば、心と体が別々になったみたいに笑顔を作ることができた。

イベントは午後三時まで。ミツキさんとのトークショーは午後二時からだったはず。

「それがよお」と奏くんがぼやいた。

「生でミツキを見られることなんてねえから、早朝組まで出たんだぜ。おかげでこっちの仕事が増えて大変」

「それだけ興味を持ってもらえたってことでしょ。それに、ちゃんと『ミツキさん』って言うこと」

「うるせえ。俺は忙しいんだ」

プイと奏くんはそっぽを向いてしまったが、なにか思い出したように再び顔を近づけてきた。

「そういえば、こないだ詩音を見かけた気がするんだけど」

ドキッとした顔を奏くんは見逃さない。勝手に「なるほど」と納得したようにうなずいている。

「なるほど、デートだったわけか。新しくできたでっかいビルに似た人が入ってくのを見たんだけど、人違いかと思ってた」

「ちが……ちがうよ」

イベントに集中するために考えないようにしていたのに、諒の顔が浮かんでしまい泣きたくなる。どんな楽しかった記憶も、悲しい思い出に色を変えている。

「詩音にデートはまだ早い。でも、あの日はすげえ人だったろ?」

もうこの話はやめたい。ねじ曲がった胸が苦しいよ。

「あそこも今は東棟だけだけど、そのうちほかの棟も建つんだってさ。そうなったら、すげえ観光名所になりそうだよな」

遅れてうなずく。なにか違和感を覚えたけれど、会場に流れはじめた軽快なBGMに思考が遮られてしまった。

奏くんが私にインカムの機械を渡してくれた。腰に装着して、イヤホンを右の耳に入れる。

「控室はミツキ——ミツキさんに占領されてっから、これロッカーに入れといて」

黒い財布といくつかのカギがつけられたキーチェーンを渡された。財布がやけに重いのは、小銭のせいだろうか。

「開会式がはじまるから、準備できたら自分のテントに行って」

ほかのボランティアスタッフに呼ばれたのだろう、耳に手を当てた奏くんが、

「ああ、すぐ行きます」

受付ブースへ駆けていってしまった。

——忘れよう。

諒とはもう会えない。ちゃんとさよならをしたんだから、イベントに集中しないと。

ロッカーに自分のバッグと奏くんの私物を入れる。私の財布と替えのマスクは、斜めが

けした小さいバッグに入れておく。

大丈夫だと、自分に言い聞かせる。体調に異変はないし、これだけ人がいるのだから具合が悪くなっても誰かが救急車を呼んでくれるはず。

ガチャン。ロッカーのカギを回すと、小銭が中に落ちる音がした。

それが私の『終わり』に向かうはじまりの合図に聞こえた。

スマホは結局ポケットに入れておくことにした。

どこまで体が持つかはわからないけれど、イベント中に倒れて迷惑をかけるのだけは避けたかった。

ステージではもう開会式がはじまっている。滅多(めった)に見ない理事長の仲田(なかた)さんが自分で仕切ったイベントかのように堂々と話をしていて、三歩下がったところに奏くんが神妙な顔つきで立っている。

観客席のうしろのほうでハンカチで目頭(めがしら)を押さえている女性が見えた。

あれが奏くんのお母さんなのかもしれない。どことなく目の形が似ている。奏くんも気づいているのだろう、そっちのほうは見ないようにしているのがわかった。

よかったね、奏くん。

メインテントに向かうと広いスペースで説明を聞いているのは二組だけだった。受付に立っている女性が私に手をあげた。

説明を聞きに来た人と間違われているのかも。Ｔシャツが見えるようにしてから近づいて気づいた。にこやかに笑っているのは、美沙希(みさき)さんだった。

「え、美沙希さん？　ちょっと待って。髪が……」

あんなに長かった髪を、バッサリ切っている。

「心機一転？　そんな感じで短くしてみたんだけど、ちょっと切り過ぎかな？」

「ううん。すごく似合ってるよ」

嘘じゃない。何歳も若返ったように見えるし、活動的な美沙希さんにあまりにも似合いすぎている。美沙希さんはうなずいたあと、下唇を突き出した。

「ボランティアスタッフの欠員が出たらしくて、急に奏に呼ばれたの。午後から仕事入れちゃってるから、一時間くらいしか手伝えないけどごめんね」

「ううん。美沙希さんがいてくれるなら心強い」

興奮していると、私の前髪に美沙希さんの指先が触れた。

「詩音ちゃんにまた会えた。それがいちばんうれしいよ」

会場から拍手の音が響いた。開会式が終わったのだろう。ここからは会場では奏くんと医療関係者によるトークセッションがおこなわれる。

今日は私の運命の日かもしれない。

でも実感は、ない。ただ、悪い予感がすぐそばにある気がしている。

つけていたマスクを外した。運命に抗えないのであれば、最後くらいフィルターなしで空気を吸いたかったから。

――諒に会いたい。

どんな状況にいても、やっぱり諒のことを考えてしまう。頭から追い出しても、ブーメランのようにすぐに戻ってくる想いは、いつか消えてしまうのだろうか。

思い出さないようになったら、それはそれで悲しいな……。

そんな風に思う時点で、まだ心は今日が最後の日だと認めていないみたい。

ポケットから『わにゃん』のキーホルダーを取り出した。何度見ても私のイラストで間違いない。

実はお母さんは、私の願いごとノートをこっそり見ていたとか？　それを諒に渡した？

ううん。お母さんに諒を紹介したことはないし、奏くんや美沙希さんだって同じだ。

テントに数人入ってきたので、キーホルダーをポケットにしまった。パンフレットを渡すのが私の役目で、興味を持つ人がいれば長テーブルにいるスタッフへ誘導をする。

「詩音ちゃん」

看護師の制服を着た多津子(たつこ)さんがやって来た。

「お疲れ様です。同じブースの担当なんですね」

「それがねえ」と頬(ほお)に手を当てる多津子さんの表情が浮かない。

「献血ブースの人手が足りないらしくて、そっちに行けって言われたのよ」

「そうなの？　多津子さんと一緒にできると思ってたのに」

ガッカリする私に、多津子さんは顔を近づけた。

「こんなこと言いたくないけど、あの新山(にいやま)ってリーダー、無愛想ね」

「すみません。よく言われます」

こそっと耳打ちをしてきた多津子さんに謝ると、

「平気。あとでしこたま文句を言ってやるつもりだから」

そう笑って、多津子さんは颯爽(さっそう)とテントを出ていった。

「よ、詩音」

声にふり返ると、理菜(りな)と森下(もりした)さんが立っていたから驚いてしまう。次から次へ知り合いが集まってくるようで、うれしい反面、どこか怖い気持ちがこみあげてくる。

「来てくれたんだね。ありがとう」

「当たり前。だって、あたしたちもミツキをみたいし」

「呼び捨てはよくありません。ミツキさん、です」

訂正する森下さんは大きなリュックを背負っている。

「このあと塾があるので最後まではいられないんですけど、すみません」

「全然いいよ。来てくれただけでうれしいから」

「あとで祖父母がうちの親戚を連行してきます。登録するように言っていますのでお願いします」

森下さんともどんどん距離が縮まっている。まじめで苦手なクラスメイトだという印象は、すっかり消えて、今ではやさしくてしっかり者の長女といった感じ。

そう考えると、お互いを知ることで変わることってあるんだな……。

「ねえ、森下さん。もしよかったら、『詩音』って呼び捨てで呼んでほしいな」

もっと森下さんを理解したい。私の提案に森下さんはメガネ越しの目を大きく見開いた。

それは最後だからじゃなく、これからのために。

「詩音、ですか？　え、それはその……」

「いいじゃん！」

理菜が森下さんの肩をうしろからギュッと抱いた。

「あたしのことも理菜って呼んでよ。そいで、詩音も『亜実(あみ)』って呼ぶことにしよう。敬語も禁止ね。はい、今からスタート！」

宣言する理菜に、森下さんは顔を真っ赤に染めた。モジモジと足をくねらせてから、意を決したように顔をあげた。

「し、詩音」

「やった！」

私よりも先に理菜が声をあげるので笑ってしまった。

「うまく言えないかもしれません。私、そういうのしたことがなくて……」

「大丈夫だって。これからいくらでもチャンスがあるんだから」

ふたりはこれからブースや屋台を回るらしく、理菜を先頭にテントから出ていった。

縁のある人がどんどん集まってきている。まるで人生の総決算をしているみたい。

だけど、いてほしい大切な人がここにはいない。それがいちばん悲しかった。

「し、司会と進行役を務めさせてもらいます、新山奏と申します。よろしくお願いします」

ロボットのようにガクガクと頭を下げる奏くんに、会場から割れんばかりの拍手が贈られた。観客席は満員で、周りにもひと目見ようとたくさんの人が集まっている。何台かテレビカメラも入っていた。

私も休憩時間を使い、人垣の間からなんとか見ているところだ。

「お待たせいたしました。それでは、いよいよご登壇いただきましょう。映画『蛍みたいな、この恋』で第三十三回邦画大賞において優秀主演女優賞を受賞されました、ミツキさんです！」

一層大きな拍手のなか、ミツキさんがピンクのスカートを揺らせて登場した。悲鳴のような歓声が波のように広がった。遠くてもわかるほど、美しい顔に艶のある長い髪、体型は折れそうなほどスリムで人形みたい。

「こんにちは、ミツキです」

キラキラした笑顔がまぶしい。たじろいだように奏くんがあとずさりをしている。

「骨髄ドナー登録キャンペーンには、なんとミツキさん自ら出演を志願してくださったと聞いておりますが」

まだ固い口調の奏くんに、ミツキさんが「あはは」と笑った。

「一応そういうことになってますが、親戚がここの理事長なので断れなかったってところです」

会場が大きな笑いに包まれた。

「でもね」笑いが収まるのを待ち、ミツキさんが声のトーンを落とした。

「依頼を受けてからきちんと調べてみたんです。骨髄ドナーの登録者数は年々増えていますが、まだまだ足りません。ほんの少しの手間で登録はできます。ぜひ、みなさんもこのあと説明を受けてください。約束できる人〜？」

「はーい」という声と一緒にたくさんの手があがった。笑いとともにイベントの目標であるドナー登録についても触れてくれている。

「ミツキさんは現在、ドラマの撮影をしていると聞きましたが」

だいぶ柔らかくなった声で奏くんが尋ねた。

「詳しくは言えませんが、この近くの街が舞台なんです。『かなわない、この恋』というドラマなんです。って、これってまだ放送日は先なんですけど」

舌を出すミツキさんに、「へぇ」と緊張の糸が切れたかのように奏くんが答えた。

「ほら、その態度。奏くんはさ、ぶっきらぼうなところを変えたほうがいいよ。正直、絶対にモテないでしょ」という忠告に会場が沸き、サイドで見ていた多津子さんはひと際大きな拍手を送っていた。

ミツキさんの吸引力はすさまじく、観客は彼女の一挙一動をキラキラした目で追い、なにか言うたびに笑ったり拍手をしたりしている。

会場の盛りあがりに反比例して、悪い予感が間近に忍び寄ってくるのがわかる。息がしにくいし、胸が激しく鼓動を打っている。さっきから諒の写真を見てもまるで効果がない。

結局、諒の願いごとは叶えられなかったな……。彼が探している兄ちゃんについては謎のまま。

「あ、ハナじゃん！」

声にふり向くと、クラスメイトの芳川さんが理菜に駆け寄るところだった。

「ヨッシーも来てたんだ。てか、ハナって呼ぶな」

はしゃぐふたりを背にテントに戻ろうとする足が勝手に止まった。

「ハナ……」

花田理菜だから『ハナちゃん』。ひょっとしたら『兄ちゃん』というあだ名も、苗字や名前からつけられたあだ名かもしれない。

「……待って」

ミツキさんの隣に立つ奏くんを見つめた。

奏くんの本名は、新山奏。ずっと『奏くん』と呼んでいたけれど、あだ名の『兄ちゃん』が『新ちゃん』だとしたら……。

いや、違う。奏くんがそうだという可能性は前にも考えたはず。

諒が八歳の時、にいちゃんは十六歳、今は二十五歳になっているはず。一方の奏くんが二十歳であることは、免許証で確認済みだ。

それでもなぜだろう。一度浮かんだ考えが頭から離れてくれない。

イベントが終わったら聞いてみよう。

だけど、私は知っている。たとえ諒の会いたい人を見つけたとしても、明日からの九月に彼はいない。もう二度と諒には会えないんだ、と。

イベント終了と同時に、ステージは解体された。私の担当していたブースも、骨組みを残し、テント部分は撤収されている。

五時になっても日射しはまだまだ強く、理菜と亜実も帰ってしまった。

パンフレットが詰まった段ボール箱を手押し台車に載せ、大通りへ歩けばセミの声がやけに大きく耳に届く。もう体はどんなに気合いを入れてもスローでしか動かない。

頭は痛みの限度を越えたらしくジーンとしびれているだけ。視界も揺れ、今にも倒れてしまいそうだ。

なんとか横断歩道を渡り、駐車場に停めてある奏くんの軽トラックの荷台に置いた。

イベントが無事に終わってよかった。

最後の瞬間が迫っていることがわかっていても、私にはなにもできない。青空もくすんで見えるほど、足に体に髪に、どんどん恐怖が伝染していくようだ。

――運命に負けたくない。

わずかに残る勇気をたしかめても、ろうそくの炎みたいに消えてしまいそう。

向こうから奏くんが段ボール箱を抱えて駆けてきた。

「おじさんたちが探してる。もうこっちは大丈夫だから帰れ。体に障るだろ?」

伸びる自分の影が私をつかんで離さない。足が一歩も動かせないよ。

なにも答えられずにいると、奏くんは私の台車を奪った。

「そういえば、お礼を言わなきゃな。母親と会えたよ。さっきまでずっと泣いてて、なぐさめるのが大変だった」

「あ、うん……」

照れくさそうに、だけどうれしそうに奏くんは笑っている。一緒によろこんであげたいのに、悪い予感が今にも目の前に現れてしまいそうで。

――なにかが起きる。

恐怖で動かない足をじっと見つめた。

まだ、死にたくない。イラストレーターになる夢を叶えられていないし、諒の願いごともわからないまま。

そうだ……。

「奏くん！」

「うわ！　いきなり大きな声を出すなよ」

また会場に戻ろうとする奏くんに追いつこうと、なんとか足を動かした。ガラガラと奏くんが台車を押す音も、まるで警告音に聞こえる。

横断歩道は赤に変わったところだった。台車にもたれるように立つ背中に追いつく。

「聞きたいことがあるの。奏くんって、ひょっとして『にいちゃん』なの？」

「は？」

「あだ名のこと。昔、『新ちゃん』ってあだ名で呼ばれてた？」

奏くんは「ああ」となつかしそうに目じりを下げた。

「昔は強制的にそう呼ばせてたなあ。でも、けっこう前のことだぜ？」

「え……本当に？」

「自分から聞いておいてヘンなやつ。親が離婚した時に苗字を変えられたんだよ。一緒に住んでたのは父親だったけど、なぜか親権は母親にあったみたいでさ。母親の旧姓を名乗るのが嫌で、新しく会う人には、新山だから新ちゃんってあだ名を教えてた」

頭の中が混乱しはじめている。

「前に骨折して入院したって言ってたよね？　ほら、お母さんがお見舞いにも来なかったって」

もどかしい気持ちを抑えて尋ねると、奏くんは肩をひょいとすくめた。

「おやじに禁止されてたらしい。会うことも電話をかけることも許されてなかったそうだ。だから、おやじが死ぬのを待ってたんだって」

話が違う方へ向かっている。

「あのね、入院中に諒っていう名前の男の子に会っていない？　日比谷諒って――」

名前を聞いたとたんに奏くんが目を大きく開いた。

「諒のこと知ってんの？　うわ、なつかしい！」

顔をほころばせる奏くんとは逆に、心臓をわしづかみにされるような痛みを覚えた。

そんなはずはない。だって本物のにいちゃんは二十五歳になっているはずで――。

「心臓病の男の子のことだよな？　夜、よくふたりで病室を抜け出して、受付んとこにある待合室で話をしたんだよ。ああ、たしかにあだ名で呼ばせてたわ」

信じられない。諒の願いごとの相手が、こんなに近くにいたなんて……！

「それって……奏くんがいくつの時？」

「俺が高一の時。十六歳の誕生日に骨折して入院したんだよ。諒はたしか、八歳って言ってた。もうあれから四年かあ」

ふたりの言うことは合っている。けれど、奏くんにとっては四年前の出来事なのに、諒にとっては九年前に起きたこと。この五年の差はなんなのだろう……。

考えろ、と必死で自分に指令を送った。狭まる視界の中で夕焼けに染まる奏くんの顔を見た。

「奏くん、今二十歳だよね？」

「今さらなに言ってんだよ。免許証見てみろよ」

ズボンのポケットに手を入れた奏くんが苦い顔になった。

「いけね。貴重品、詩音に預けたんだっけ」

胸がありえないほど鼓動を打っている。きっと、諒は勘違いしているんだ。当時の奏くんが大人に思えて年齢を勘違いした。それしかないだろう。

——逃げて。

ふいに諒の声が聞こえた気がして顔をあげた。

同時に割れるほどの頭痛が押し寄せてきた。

世界が、まわる。

「おい。顔色が――」

心配そうに見つめる奏くんの向こうから、黒い車がすごいスピードで向かってくるのが見えた。

横断歩道が青になり、人々が歩き出す。運転手は気づいていないのか、スピードを緩めない。

奏くんが横断歩道に足を踏み出そうとしたのと同時に、

――ギギギギギ！

耳をつんざくような悲鳴に似たブレーキ音がすぐそばで鳴った。

歩行者を避けようとハンドルを切る運転手の顔。車は向きを変え、私たちがいる歩道へ向かってくる。

足が動かない。アップになる車体が、大きな口を開けているように見えた。

――轢かれる！

ギュッと目をつむるのと同時に、誰かに腕を引っ張られ、次の瞬間にはアスファルトに転げていた。

同時に激しい衝突音が響いた。

思いっきり腰を打ち、痛みで息が吸えない。

周りで悲鳴があがる中、そっと目を開けた。

空が、見える。真っ青な空が。

私は……轢かれたの？

ゆっくり頭を動かすと、横断歩道の白い線が見えた。電柱に衝突した車は、前の部分がひしゃげている。タイヤの向こうになにか……。

体を起こすと、たくさんの人が集まっている。

「救急車を！　誰か救急車を！」

泣き叫んでいる女性は……ああ、奏くんの母親だ。

「奏、奏！」

彼女が必死に奏くんの名前を呼んでいるのはなぜ？

いつの間に来たのか、救急車の赤いライトがクルクルと回っていた。周りではスマホをかまえた人たちがいる。いくつもの怒号が聞こえる中、担架に乗せられているのは奏くんなの？

嘘だよね？　こんなの嘘、だよね……？

「奏くん！」

やっと出せた声は、救急車のサイレンにかき消された。追いかけようと体を起こすのと同時に、私はその場に崩れ落ちた。体に力が入らない。

「動かないで、すぐに救急車が来るからね」

オロオロとする老婦人の声に首を必死で横にふった。

奏くんが事故に遭ったんだ……。どうして？

こんなの悪い夢だよね？

目の前が暗くなっていくのを感じるのと同時に、アスファルトに頬をつけていた。

遠ざかる救急車が涙でぼやけていく。

やがて、暗闇が私を覆いつくした。

8　もうひとつの運命を、君に

夢の中で、私は夜の病院にいた。

何度も見ているから、すぐに夢の世界だとわかった。

受付の前にある待合室。窓際にあるソファのはしっこで、隠れるように体を小さくしている。

難病という診断を受け、最初の入院。お母さんから、しばらく入院生活が続くと言われてから、この世は真っ暗闇だ。中学の入学式にも行けなかったし、早くても九月までは家にも帰れない。

毒針を飲んだみたいに、息をするたび心が痛かった。四人部屋にいる同じ病気を持つ人たちに涙を見せたくなくて、昼間はイラストを描いてあげたりしてやり過ごし、夜になるとここでひとり泣いている。

願いごとノートをめくってみる。最近、同室の子に教えてもらったことだ。

四つの願いごとはきっと叶う。どんなに言い聞かせても、願うそばから崩れていく砂の城。この病気は治ることはないとお医者さんは言っていた。

ノートのはしっこに描いた犬と猫を混ぜ合わせたようなイラストだって、私の死後に見つかるだけ。どうせ、私はそのうちに死んでしまうのだろう。

「それ、なんの絵？」

あどけない声にふり向くと、幼い男の子が立っていた。小学生くらいだろうか、青いパジャマを着ている。

「あれ、お姉ちゃん、どうして泣いているの？」

答えずにうつむく私に、男の子は「ねえ」とくり返した。

「なんで悲しいの？　なにかあったの？」

逃げたい気持ちはあったけれど、この男の子も入院中なのだろう。それなのに、私のことを心配してくれている。

「怖い夢を見ただけだから、大丈夫だよ」

無理やり笑みを作ると、「ふうん」と言って男の子はスケッチブックを指さした。

「その絵って、犬？　猫？」

「ああ、これはね犬と猫を合わせてみたの」

「へえ。かわいいね。名前はなんて言うの？」

「まだつけてないんだ。なんだろう、『犬猫』とかかな」

するとと男の子は眉をひそめ、しばらくの間悩んでからパッと顔を輝かせた。

「犬はワンでしょ。猫はニャンだから、『わにゃん』にしようよ」

まぶしい笑顔に思わず言葉を失った。

「『わにゃん』ってすごくいい名前だね。うん、この子は『わにゃん』にしよう」

「やった！」

男の子は、ぶらんぶらんと体を揺らせた。でも、体を揺らすたびに、さっきの元気が消えていくように見えた。

「あのね、僕ね、もうすぐ手術するんだって」

「え……そうなの？」

「小さい手術でね、安全なんだよ。でも怖くて、家に帰りたくなっちゃって……」

最後は小さな声になりうつむいてしまった。こんな小さな子でも自分の病気と闘っているんだ……。なにか私にできることはないだろうか。

「イラスト、好きなの？」

「うん、好き」

「じゃあさ、手術がうまくいくようにおまじないをかけたイラストをあげるね」

そう言うと、男の子は「ぬお！」というヘンな声をあげた。

「ほんとに？　え、ほしい！」

スケッチブックを広げ、茶色いペンでイラストを描いていく。男の子は隣に座り、じっと私の描く絵を見ている。

「これ、トラ？」

「そうだよ」

目の大きなトラのイラストを完成させ、背中のあたりに大きな翼を描くと、男の子はおかしそうに笑った。

「嘘だー。だってトラは飛ばないもん」

「古いことわざに『虎に翼』っていうのがあるの」

「それってどういう意味？」

興味津々(しんしん)の男の子に「えとね」と言いつつ翼に色を塗っていく。

「このトラは君のこと。トラってもともとすごく強いでしょう？　そこに翼があったらもう無敵状態だと思わない？」

「思う」

「そうなれるように、私が翼をつけてあげる。きっと手術、うまくいくよ」

「へえ、かっこいい！」

「あまりいい意味で使われることわざじゃないけど、ピッタリかなって」

　完成したスケッチブックを切り取り、男の子に渡すと頬を赤らめてそのイラストを穴が開くくらいじっと見つめている。上気した頬がかわいらしい。

「こら、また抜け出して」

　顔をあげると、向こうから看護師の多津子（たつこ）さんが歩いてきた。私に気づくと、多津子さんは、おやおやと目を丸くした。

「詩音（しおん）ちゃんと一緒にいたの？　ふたりしてほんと困った子ね」

　男の子がイラストを多津子さんに掲（かか）げるように見せた。

「今ね、お姉ちゃんにイラスト描いてもらったの」

「あらまあ、すごくいい絵ね」

　ホクホクした笑みの男の子から、多津子さんは私に視線を向けた。

「だからって、夜間の抜けだしはダメでしょ。看護師さんたちに心配させちゃうから」

「すみませんでした」

　素直に謝ると、男の子が私の手をギュッと握った。

「詩音ちゃんごめんね。あののね、僕——」

その声がなにかに吸い取られるように一気に遠ざかったかと思うと、男の子と多津子さんの姿は一瞬で消えていた。

「え……」

急にまばゆいほどの光が顔に浴びせられ、思わずギュッと目をつむった。

怖い。一体どうなっているの……⁉

「諒(りょう)……」

大好きな人の名前をつぶやくと同時に、海底から一気に海上にあがるような浮遊感が体を襲った。

目を開けると同時に、

「覚醒(かくせい)しました」

緊張を含んだ女性の声が耳に届いた。

「あ……」

私を見下ろしているのはマスクをした看護師さんだった。

多津子さんはどこへ行ったのだろう？　あの男の子は……？

「浅倉詩音さんですね？　私の声が聞こえますか？」

顔を近づけてくる看護師さんにうなずく。消毒液のにおいが鼻をかすめ、さっきまでのがやっぱり夢だったと知る。

「ここは……？」

「病院です。浅倉さん、事故に遭われたんですよ。幸い怪我はないようですが、念のため入院していただきます。明日、もう少し詳しく検査をしますので」

――事故。

夢が終わり、やっと現実に焦点が合うと同時に胸がずきんと痛んだ。

「奏……くんは？　新山奏はどこですか⁉」

叫ぶと同時に、自分が起きあがっていることを知った。動揺したように目を逸らせたあと、看護師さんは取りつくろったような笑みを作った。

「ちょっとわからないんですが、とりあえず横に――」

「奏くん！」

看護師さんを押しのけ、ベッドから飛び降りた。薄暗い病室を裸足のまま飛び出すと、廊下にはいくつものドアが並んでいた。

ここはきっとＩＣＵと呼ばれる集中治療室だ。だとしたら、このどこかに奏くんがいるはず……！

さっきまで見ていたのは、ここに入院をした時の夢。そして、今は現実。

やっぱり私たちは事故に遭ったんだ。だとしたら、奏くんは⁉

「待ってください！」

さっきの看護師さんが慌てふためいて出てきた。ここで捕まったら、奏くんに会えない。

ふらつきながら走ると、重厚な自動ドアが目の前で開いた。そこにいたのは、お父さんとお母さんだった。

「ああ、詩音！」

お母さんが泣きながら抱き着いてきた。お父さんもハンカチで顔を覆って号泣している。

「お母さん、私。私……」

「大丈夫よ。もう大丈夫だからっ……！」

私を抱きしめながら、お母さんは自分を安心させるように何度もくり返した。

頭がぼんやりしていて、夢と現実の間を行ったり来たりしているみたい。だけど、あんなに感じていた体調の悪さはどこにもない。事故に遭った時にぶつけた体の痛みだけが残っている。

椅子に座る女性に気づいたのはその時だった。会場で見かけた奏くんのお母さんだ。宙をぼんやりと眺めていたうつろな瞳を、ゆっくり私に向けた。

「ああ、あなたが詩音さんなのね。奏によくしてくれていたそうでありがとう」

奏くんのお母さんは、深くお辞儀をした。

奏くんの容態は？　そう聞きたいけれど、嗚咽がこぼれて言葉にならない。

自動ドアが開き、白衣を着た医師の男性と、さっきとは違う看護師さんが出てきた。

「新山奏さんのご家族の方は？」

「……はい」

医師は軽くうなずくと、手元のカルテに目を落とした。

「お伝えしたいことがあります。奥へどうぞ」

「ここでかまいません」

「しかし、容態についてのお話ですから」

「私より、よほど奏のことを気にかけてくださっている方たちなんです。ですから、ここでおっしゃってください」

お母さんが私から体を離し、奏くんのお母さんの手を握った。お父さんが私のそばに来て、私の肩を抱く。ヒリついた空気の中、奏くんのお母さんは背筋をしっかりと伸ばしている。すでに覚悟を決めているかのように。

医師はそれでも迷うようにしばらくカルテを見ていたが、やがて静かに奏くんのお母さんを見た。その瞳に、同情の念が存在しているのがわかる。

言わないで。どうか、言わないで……。

そう願ったのに……。

奏くんの意識が戻らないこと、自力では呼吸ができないこと、脳死状態であること、もって数時間の可能性もあること、そんな話をされた。

意識が遠ざかりそうになるのを必死でこらえているうちに、私はさっきの看護師さんに連れられ、病棟へ移動させられた。

しっかり足を踏みしめているのに、まるで感覚がなかった。

奏くんが脳死状態になっている。

叫び出してしまいそうなほどの恐怖に、目をギュッと閉じた。


そこからの記憶は途切れ途切れだ。しびれた頭で、ベッドに横になった。お父さんとお母さんともなにか話をした気がするけれど、あまり覚えていない。

気づくと消灯の時間になり、私はひとりきり病室に残されていた。静まり返る病室の外で、ナースコールを知らせる機械音が小さく聞こえている。

ベッドに横になっていると、不思議とこんがらがっていた思考が解けていくような気がした。

ずっと私を縛っていた悪い予感は、もう感じない。台風の予想が直前で外れるように、運命が私を避けてくれたのだろうか。

ベッド横の棚に置いてあるバッグを手にすると、はしっこの部分が破れていた。中からスマホと願いごとノートを取り出す。

ページをめくると、五つの願いごとが現れた。

①　親友と呼べる人をつくりたい
②　思いっきりスポーツをしたい
③　素直になって親孝行をしたい
④　イラストレーターになりたい
⑤　恋をしてデートをしてみたい

ノートの下に書いた『わにゃん』のイラストを触ってみる。次のページには、清書したイラストもちゃんとある。

諒は私の運命を予言していた。

あの事故で私も死ぬはずだったの？

じゃあなんで奏くんは……⁉

ノートに落ちたひと粒の涙が、『わにゃん』のイラストをにじませる。

頭の奥で、ぼんやりとした答えが見えはじめている。

目を閉じ、その輪郭を必死で探す。

「なにが起きているのかを知りたい。そうじゃないと、私……」

逃げちゃダメ、もう逃げるのは終わりにしないと。

こぼれ落ちる涙をそのままに、必死で考える。

奏くんが言っていた諒のこと。年齢差のこと。

そこに、一連の出来事の答えがある気がした。

だけど、やっぱりわからない。

その時、ふと床頭台に置かれたバッグと目が合った。そういえば、コインロッカーのカギを入れたままだった。中には、奏くんの財布がある。

奏くんの意志を引き継ぐのなら、臓器提供の意思を証明しなくてはいけない。

現実を受け入れたくない自分とは別に、どこか冷静な自分もいた。

バッグに手を伸ばした瞬間、

「どこの部屋か聞いてんの！」

廊下から騒がしい声が聞こえた。この声は――理菜だ。

「お願いします。友だちが事故に遭ったんです」

亜実の声もする。

「お願いだから教えてください。詩音が、詩音が……」

ドアを開けると看護師さんに頭を下げているふたりが見えた。

亜実が先に気づき、「しおん」と口を動かした。

「え、どこ？」

視線を巡らせた理菜が、私に気づくのと同時に駆けてきた。そのままなにも言わずに私たちは抱きしめ合った。理菜は大声をあげて泣いた。

「あたし……さっき、聞いて――」

「うん。うんっ」

悲しいのかうれしいのかわからない涙が、また頰にこぼれた。

だけど、今は時間がない。悲しむのはあとでいい。

今は私にしかできないことをしなくちゃ……！

「ふたりにお願いしたいことがあるの」

「まさかあんな事故が起きるなんて――」

泣きじゃくる理菜に代わり、亜実が私にうなずいてくれた。理菜から体を離し、バッグごと亜実に渡した。

「中にコインロッカーのカギが入ってるの。駅の改札口にあるロッカーで……」

「わかった。すぐに取ってくるから」

亜実は宝物を渡されたように、バッグを胸にしっかりと抱いた。

理菜は「どこにも行かない」と言い張ったけれど、三度目のお願いでやっと納得してくれた。

ふたりを見送ったあと、私は看護師さんたちに謝罪をしてからエレベーターへ向かった。

不思議と心は落ち着いていた。

夜の待合室には、なつかしさと苦い記憶が潜んでいた。

初めて入院した時は、夜になると病室を抜け出してここで泣いていた。窓際に置かれたソファには、きっと私の涙が染みこんだままだろう。

しばらくそこに座っていると、窓から差しこむ月の光が急に翳った。

見ると、大きな窓にもたれるように、黒いシルエットが立っていた。

すぐにわかった。……諒だ。

「詩音」

私の名前を呼ぶ声は、こわれそうなほど震えていた。

「諒……来てくれたんだね」

そんな気がしていた。きっと、諒はここに来てくれるって……。

近づく私に、諒は顔を背けた。頬にこぼれる涙が月の光に照らされている。諒の涙を見て、私は確信した。

「奏くんが、諒の探していた『新ちゃん』だったんだね」

きっと諒は、事故のあとにそのことを知り大きなショックを受けたのだろう。思い出の場所であるここに来たんだね。

「知らなかったんだ。まさか、詩音の隣にいる人がそうだったなんて……」

悔しそうに手の甲で、諒は何度も涙を拭っている。

「ごめんなさい。私、気づけなかった。何度か疑ったことはあったのに、年齢が合わないから違うって思いこんでた」

諒の探していた人は、二十五歳のはず。実際の奏くんよりも五つ年上ということになる。年齢差についての疑問はまだ解消されていない。

「諒、お願い。ぜんぶ話して。そうじゃないと私……」

月明かりがぼやけて見える。こんなに悲しい出来事が待っているのなら、私が死んだほうがよっぽどマシだった。

洟を啜った諒が、「俺は」と涙声で言った。

「俺は子どもの頃、新ちゃんに助けてもらったんだ。いつも全力で励ましてくれた。なのに、俺は救うことができなかった」

「新山奏という名前だから『新ちゃん』と呼ばれていたんだね。私も、事故に遭う直前に聞いたの」

「ああ……」

嗚咽を漏らす諒の肩を抱き、ソファにふたりで座った。

窓からサラサラとした月の光が差しこんでいる。

「どうして奏くんが事故に遭わなくちゃいけなかったの？　あの時、ふたりで横断歩道の前にいなかったら。私と話をしたせいで奏くんは……」

「それは違う。新ちゃんの運命を知らなかった俺が悪いんだ」

キッパリと言ったあと、

「君のせいじゃない」

諒が私に顔を向けた。潤んだ瞳に月光が反射していて、こんな時なのに美しさを感じる。

「私を……助けてくれたんだよね？」

「………」

「車に撥ねられる直前、誰かに腕を引っ張られたの。そうじゃなかったら私も事故に遭っていたと思う。あれは、諒なんだよね？」

迷うようにゆっくりとうなずいた諒が、「詩音」とため息交じりに言った。

「真実を知ることが正しいこととは限らない」

そうかもしれない。本当のことから目を逸らしていれば、傷つくこともないと思って生きてきた。

だけど……。背筋を伸ばして諒の顔を覗きこんだ。

「それでも私は知りたい」

ピクッと肩を震わせた諒が、気弱な表情に変わる。

「真実を知ることで、傷つくとしても？」

「これまで逃げてばかりだった。病気のことを人に話すことができなかったし、どうせ死んでしまうんだってあきらめてばかり。もう、嫌なの。そんな自分を変えたい」

しばらく黙ったあと、諒は小さくうなずいた。緊張が体から抜けたのがわかった。

「じゃあ、なにから話そうか」

「不思議なことがたくさんある。どうして諒は私の願いごとが五つあるって知ってたの？　イラストレーターになる夢のことも話したことがなかったよね？　それに、これ……」

上着のポケットから『わにゃん』のキーホルダーを取り出した。

「私の考えたキャラクターのキーホルダーを持っているのはなぜ？　だってこのイラストは、願いごとノートに挟んでいたはずなのに」

「詩音が拾っていたとは思わなかった」

「この間デートで行ったビルのことも調べた。中央棟や西棟はまだ完成していないんだって。でも、諒はまるで行ったことがあるみたいな口調だったよね」

「………」

「それに、前に話してたミツキさんのドラマもまだ放送されていないよね？」

ひとつの答えが頭に浮かびそうになる。ぼんやりとした考えに目を凝らすけれど、輪郭にもならず崩れていく。

「俺は――」

かすれた声で諒が言った。

「俺は昔、君に会ったことがあるんだ」

すぐに、さっき夢で見た出来事が頭に浮かんだ。

「心臓病のせいで長い入院をしていた。真っ暗な世界を生きているようだった」

「それって……私が中学一年生の時のこと？」

「夏の終わりの夜だった。君はあのソファで泣いていた。話しかけた俺に、必死で笑顔を作ってくれたことを覚えてる？　君はトラに翼が生えたイラストをプレゼントしてくれたんだ」

「え……？　あの男の子は、私よりずいぶん年下だったはずで……」

あれは夢の中だけのことなの？　実際は同い年の諒に話しかけられたの？

混乱する頭を整理しようとしても、幼いパジャマ姿しか思い出せない。

「探しにきた看護師さんに、君は『詩音ちゃん』と呼ばれていた。病棟を探して君を見つけた時はうれしかったよ」

私にはそんな記憶は、ない。

「偶然を装って君のお母さんと話をしたんだ。心臓病であることを言うと、なにも言わずに抱きしめてくれた」

そう言ったあと、諒は頰をこわばらせた。

「これから話すことを、君は信じられないかもしれない」

あの日の男の子の顔が、諒に重なった。よく見れば、面影が残っている気がした。

「信じるよ。諒が言うことなら信じる」

嘘じゃなかった。これまでも諒は願いごとを叶えてくれたから。

伝わったのだろう、立ちあがった諒が窓辺で手招きをした。側に行くと、諒はポケットから折りたたんだ用紙を取り出し、私の手のひらに置いた。

なぜだろう、急に胸にズキンと痛みが走った。心臓の音が諒に聞こえてしまいそうで、ただその用紙を見つめることしかできない。

「読んでみて。ここにすべての答えがある」

諒の声に導かれるように用紙を開くと、それは切り抜かれた新聞紙だった。長方形の小さな記事には写真もなく、文字が並んでいるだけ。

月明かりに照らすと、文字が宙に浮き出たように思えた。

飲酒運転の車、交差点に突っ込む

２人が意識不明の重体

31日午後5時ごろ、東京都××区で、60代男性の運転する車が赤信号の交差点に猛スピードで進入。通行人をはねたのち電柱にぶつかり停止した。警視庁は自動車運転死傷処罰法違反（危険運転致傷）の疑いで車を運転していた都内在住の今井剛（いまいつよし）（65）を現行犯逮捕。呼気からは基準値を越えるアルコールが検出された。

警視庁によると、事故に巻き込まれたのは都内に住む男性（20）と近くに住む女子高校生（17）の2人。ともに病院に運ばれたが意識不明の重体である。


「これって……」

ひとり言のように小さな声がこぼれた。

「さっきの事故がもう新聞に……」

違う、とすぐにわかる。この新聞記事では、私も意識不明の重体になっている。

それに、事故の起きた時間はすでに夕刊の配達が終わっている時間だし、朝刊にはまだ早い。新聞だってしわくちゃでとても昨日今日のものとは思えない。

諒は苦しげに胸を押さえている。

「俺は、まだ十二歳だった」

「え？」

諒の言葉が耳にざらりと残った。

「この病院に入院していた。いや……実際に今も入院しているんだ」

「わからない。諒の言っていることがわからないよ！」

真冬のように寒くてたまらない。ガチガチと勝手に歯が震えている。

「今日起きた事故のせいで、詩音は脳死状態になってしまったんだ」

見たこともないほどの悲しい表情を浮かべた諒が、親指で自分の胸を指した。

「そして君の心臓は、俺の心臓に移植されることになった」

「移植？　私の心臓が諒に……？」

思わず自分の胸に手を当てた。

ゆっくりと諒は、窓の外に広がる闇に目を向けた。

「詩音にとっては現在の話でも、俺にとっては五年前の世界なんだ」

「五年前……」

ぐちゃぐちゃに混乱する頭で考えても、なんの答えも出てこない。それでも、諒の言葉を信じたい気持ちは変わらなかった。

「心臓移植を受けた俺は、リハビリをしながら徐々に元気になっていった。もらった命に感謝していたけれど、誰からもらったのかは教えてもらえなかった。当時、十二歳だった俺が十七歳になれたのは、詩音のおかげなんだよ」

　でも……私はまだ生きている。

　私の疑問を受け入れるように、諒はゆっくりとうなずいた。

「移植を受けて五年後のある日、俺は高校の帰り道で君のお母さんと偶然に再会したんだ。おばさんは俺のことを覚えていてくれてね、元気になった俺を見て泣いてよろこんでくれた」

「……うん」

　カラカラの喉で答えた。

「詩音のことを尋ねた俺に、お母さんは自宅に招いてくれた。仏壇に飾られた写真の中で、高校の制服を着た詩音が笑っていた。すぐに、イラストを描いていた女の子だとわかった。どこかで生きていると信じていたから強いショックを受けた。『事故に遭って脳死状態になってしまったの。でも、誰かの心臓になって今も生きているのよ』って、お母さんはそう教えてくれた」

「……待って」

「『生きていれば二十二歳になったのよ』って、誇らしげに、悲しそうに」

　キュッと唇を噛む音さえ耳に届きそう。

足から力が抜けそうで、私はソファに倒れこむように腰をおろした。

「君の部屋で願いごとノートを見せてもらったんだ。そこには君が叶えたかったことが四つ書かれていた。そして、『わにゃん』のイラストも。せめてひとつでも叶えたくて、イラストを借りてキーホルダーを作ったんだ」

私の正面に立つ諒がどんな表情をしているのか、月の光がまぶしすぎて見えない。

「私は……あの事故で亡くなって、諒の心臓になった。……そういうこと？」

「信じられなかった。あの病院で会った君の心臓がここにある。なんにもしてあげられなかったのに、君は俺に命をくれたんだ」

涙声に変わる諒の姿がぼやけていく。

ちゃんと見ていたいのに、涙があふれて止まらない。

ああ……やっと、諒の言っていることが理解できた。

「諒は……未来から来たの？」

震える声のまま尋ねると、諒は静かにうなずいた。

「俺にとっては過去に戻る旅だった。不思議なんだ。このキーホルダーを握りしめ、何度も君に会いたいと願った。気がついたら、五年前の世界に戻っていた」

そう言ったあと、諒は苦しげに顔をゆがませた。

「俺はどうしても君の願いごとを叶えてあげたかった。死ぬ運命は変えられなくても、せめて最後に恩返しをしたいと思った」

諒の言うことは本当だとわかった。これまで覚えた違和感はすべて、このことが原因だったんだ……。

「詩音は傷ついていた。持病で死ぬって思いこんでいたからね。でも実際は違う。車の事故で死ぬ運命だったんだよ」

体を貫くような衝撃に、思わず目を閉じてしまった。

悪い予感はすべて、今日の事故を指していたんだ……。

「運命は変えられない、って前に言ったよな。俺は君の願いごとを叶えたら、元の世界に戻るつもりだった。だから、転校するって嘘までついた。感謝の気持ちを抱きながら生きていくつもりだった」

どうして過去形なの？　生まれた疑問が嫌な予感に塗り替えられていく。

ハッとして諒を見ると、月光に包まれた体が透けて見えた。ううん、実際に透けている。

自分でも気づいたのだろう、諒は自分の手を見て少し笑った。

「見過ごすことができなかった。願いごとを叶えるために近づいたのに、元の世界に戻ればよかったのに……どうしてもできなかった」

諒は泣き笑いの表情を浮かべている。

「諒……」

「だって、君はやさしくて、いつも周りのことを気にかけている。そんな君を見ていたら、俺は、俺は……」

唇をギュッと噛んだ諒が、まっすぐに私に視線を合わせた。

「気がついたら君のことを好きになっていた。君に生きていてほしいと、本気で願うのと同時に、俺が過去に戻ってきたのは、この願いを叶えるためだってわかったんだ。俺は自分の意志で君を助けたんだよ」

彼の体が月の光にサラサラと溶けだしている。

「待って。じゃあ諒は……」

私が運命を回避したということは、諒に心臓移植がされなかったことになる。

「君を助けたことを後悔(こうかい)してないんだ。新しい運命を君にあげるよ」

「ダメ……諒が死ぬなんてダメだよ！」

なんで私を助けたの？　こんな未来が待っているなら願いごとなんて叶わなくてもよかったのに……！

諒は腰をかがめ、私の頭にそっと手を乗せた。

「誰だって大切な人には生きていてほしいと思っている。俺も、君の家族も」

「だけど、だけど……」

「最初に命をもらったのは、俺のほうなんだよ。君に返すことができてうれしいんだ」

見たことがないくらいやさしい目で諒は続けた。

「この選択は間違いじゃない。むしろ、誇りにさえ思ってる。それに、やっと新ちゃんにも会えるから」

そう言うと、諒は体を離して窓に寄りかかった。あんなに細い月なのに、今にも彼を包みこむように銀色の光を降らせている。

「ちゃんと言うよ。俺は詩音のことが好きだ」

「諒っ……！」

立ちあがると同時に、諒が両腕を広げた。

その胸に飛びこんで彼を抱きしめる。

「私も諒が好きだった。気づいたら好きになっていた」

やっと想いを伝え合えたのに、もう――終わりなの？

抗(あらが)おうとしても、秒ごとに抱きしめている感覚がなくなっていく気がした。

「お願い、諒……。諒がいてくれないとダメなの」

どんなに泣いても変わらない。

私がもっと早く気づいていたなら、私が死んでいたなら……。

同じ心臓が同じ鼓動を刻んでいる。それなのに、もうすぐ消えてしまうの？

「聞いて」

肩をつかまれ、強引に引きはがされた。諒はやさしくほほ笑んでいる。

「詩音の心臓をもらってからの五年間、俺は幸せだった。今度は詩音が幸せになる番だよ」

「ダメ、ダメだよ……」

「安心して。今から一年後の夏、君の抱える難病に効く新たな薬ができる。だから詩音は大丈夫だよ」

違う。私のことはどうだっていい。

私を助けるために諒は自分の命を渡して消えようとしている。そんな運命、絶対に受け入れられないよ。

「どうかこれからの人生を楽しんでほしい」

「諒……」

自分は消えてしまうというのに、どうして諒は笑っていられるの？

「目を閉じてくれる？」

「嫌だ……。お願い、諒……」

涙でゆがんだ視界では、諒の顔がうまく見えない。

どうしてこんなことになったのだろう。しびれた頭に「詩音」と私を呼ぶ声が聞こえる。

「俺の本当の願いごとを叶えさせて」

諒の笑顔を瞳に焼きつけた。忘れない。忘れたくないよ！

嗚咽をもらしながら、ギュッと目を閉じた。

「ありがとう、詩音。君に命を返すよ」

その言葉が聞こえた瞬間、唇に諒を感じた。

けれど、それはあまりにも短い時間で、感触はすぐに消えてしまった。

「……諒？　いるの？」

まっくらな世界で問いかけても返事はない。

「諒……諒っ！」

お願いどこへも行かないで。私を置いて逝かないで……！

目を開けると、そこには月明かりがあるだけだった。

大好きだった諒が消えてしまった。命のバトンを渡して、私だけを置き去りにして。

その場に座りこんで泣き続けた。泣いても泣いても、諒のことが頭から離れてくれない。諒がいない世界でこれからどうやって生きていけばいいのだろう。もうなんにも残ってないよ。どうして私を助けたの。あのまま消えていたら、今頃私の心臓は諒の体で生き続けられたのに。

ひとつになれたことを知ったぶん、ひとりぼっちがこんなにも悲しい。

くしゃくしゃになった新聞記事をもう一度広げてみる。涙が雨のように新聞紙を濡らしていく。

あきらめたくない。諒の死を無駄にしたくない。

これまではずっと受け身のままだった。諒にもらった力を明日につなげるためにできることはきっとあるはず。

どれくらい座っていたのだろう。いつの間にか月は輝きを失い、周りは暗闇に沈んでいる。

今日の事故は本来なら私も被害に遭っていたはず。私と奏くんは脳死状態となり、私の心臓がドナーに選ばれた。

それは……私だけが意思表示カードを持っていたからだ。

奏くんの意思表示カードはロッカーに預けたまま。だから奏くんは臓器提供をできなかったのだ。

自動ドアの音が聞こえた。

「ちょ、暗すぎ」「いいから早く」

この声は——理菜と亜実だ。

「理菜！　亜実！」

叫ぶように言う私に、

「ひゃあ！」

理菜が絶叫した。亜実のメガネがその勢いで斜めにずれた。

「……え？　詩音じゃん。なんでこんなとこにいるのよ。びっくりさせないでよね」

それには答えず、私は亜実が持つバッグを半ば強引に奪った。

「ふたりともありがとう。私、行くね」

「ちょっと！」

理菜の制止も構わずに走り出す。

廊下(ろうか)を進み、ＩＣＵの入り口にたどり着いた。ちょうどさっき説明してくれた医師が自動ドアから出てくるのが見えた。

「先生！」

医師はギョッとしたあと、いぶかしげに私を見てきた。

「ええと、君はたしか……」

「浅倉詩音です。あの……奏くんは、新山奏くんの状態はどうですか？」

はやる気持ちを抑えて聞く。

「ちょっと、詩音」

追いかけてきた理菜と亜実がやってきた。けれど、今は一刻を争う事態だ。

医師は神妙な表情のまま首を横にふった。

「残念ですが、ご家族の方にしかお伝えできません。お気持ちはわかりますが――」

話の途中で強引に奏くんの財布を渡した。

自分のしようとしていることが正しいかどうかはわからない。だけど……だけど、奏くんが笑っている顔が浮かぶ。『それでいいんだよ』と力強くうなずいてくれている。

美沙希(みさき)さんが言ってた。奏くんはいつもヒーローにあこがれている、って。『誰かの役に立ちたい』とも言っていた。

だから奏くん……これでいいんだよね？

「新山奏くんの意思表示カードを持ってきました。彼の心臓が合うか調べてほしい人がいます。十二歳の男の子が、心臓病で苦しんでいる男の子がこの病院に入院しているはずなんです！」

「え？　ああ、たしかに移植を希望している患者がいますが……」

こぼれる涙はそのままに、私はその名前を伝える。

私が大好きな人。私が心臓をあげた人。私が命をもらった人。私が大好きな人の名前を。

「日比谷諒です。どうか……どうか彼の命を助けてください！」

私は信じたい。

諒との未来を、ふたりで笑い合える明日を。

エピローグ

川辺の景色は秋色に変わっていた。

すすきが風に揺れ、桜の木も葉を落としている。遠くに見える空にはうろこ雲が泳ぎ、もう十一月になったことを私に教える。

桜の木の下に座ってぼんやりと世界を眺める日曜日。鼻から息を吸いこみ口から大きく吐くと、生きているよろこびとせつなさに胸がキュッと痛くなる。

体調はあれからも良くなったり悪くなったりをくり返しているけれど、気持ちはこの川のように落ち着いている。

自分の余命を考えずに、ちゃんと今を生きよう。

そう思える私になれた。

いろんなことは変わっていく。

諒（りょう）の移植手術は無事に成功した。経過は順調だけど、体力が戻らないようで寝ていることが多いそうだ。

術後しばらくして諒のお見舞いに行った。眠っている彼の枕元に、『わにゃん』のイラストを置いて部屋を出た。

それでいい、と思った。

「奏くん、ありがとう」

あなたがいたから、諒は救われた。

奏くんの命のバトンが諒に受け継がれたんだよ……。

二学期がはじまり二カ月が過ぎた。

不思議なことにクラスメイトたちから、諒の記憶は消えていた。理菜も亜実も同じだった。

「諒」

その名前を呼んで、幸せな気持ちになることはないと思っていた。永遠の苦しみが続くと覚悟していたから手術の成功はうれしいけれど、奏くんのことを想えば胸が痛くなる。

こんな風に、私たちはなにかを抱えて生きていくのかもしれない。

うれしいことも悲しいことも背負い歩いていく。

時間を越えて諒は私を助けに来てくれた。

あの別れから二日後、彼からの手紙がポストに届いた。癖のある文字で書かれた手紙を、もう何百回読み返しただろう。

手紙を取り出して開けば、小さな勇気が生まれるよ。

「ここでまた会おうね」

答えるように秋風が私の髪をくすぐった。

詩音へ

君に初めて会った時のことをまだ覚えているよ。

病院のベンチに座り、まるでこの世の終わりみたいな顔をしていたね。

なんとか励ましたかったけれど、幼い俺にはその力がなかった。

君は自分だって悲しみの中にいるのに、俺のためにイラストを描いてくれた。

そして、それ以上の勇気を俺にくれたんだよ。

いつかまた会えると信じていたから、まさか詩音の心臓をもらったなんて夢にも思ってなかった。

俺は君のことが知りたくて、願いごとノートを見てしまった。

そして、どうしても君の願いごとを叶えたいと思ったんだ。


君との再会は、春の光がやわらかく差しこむ廊下だったね。

あの日、俺がどれだけうれしかったか、想像つかないだろう?

自分を救ってくれた人にもう一度会えたことがうれしくて、つい『やっと会えたね』と言ってしまったんだ。

だけど、君はこの世に絶望していた。

君の言う『悪い予感』が、あの事故を指しているのだとすぐにわかった。

最初は君の願いごとを叶えれば、それで終わりにするはずだった。

罪滅ぼしのつもりだったのに、詩音といる時間が俺を変えたんだ。

ひとつ願いごとを叶えるたびに、またひとつ君への想いが強くなっていく。

そんな気がしていた。

でも、今思うと、過去に戻れた時点で決心していたんだろうな。

横断歩道で君を助けた時に、心からホッとしたんだ。

俺がすべきことは最初からこれだったんだ、って思えたから。

だから詩音、どうか悲しまないで。

俺は自分の意志で君を助けたし、そうしたかった。

むしろ、正しい運命に戻せたような気さえしているんだ。


神様は気まぐれだよな。

俺を過去に戻したり、運命を訂正させたりする。

だから、俺も神様にちょっとした願いごとをしたんだ。

もしも俺の命が助かるのなら、もう一度詩音に会えるのなら、君が好きな景色の中で会いたい、って。

十七歳になった俺に、君との記憶を戻してください、ってお願いしてみた。

生まれ変わってもいいんだ。

もう一度、詩音を抱きしめたい。

だから五年後の八月、あの川原で待っていて。

もしも俺が現れなくても、風になって君を包みこむから。

もうすぐ俺は消えるだろう。
君の無事をたしかめに病院へ行くつもり。
本当は君の笑顔を見て消えたかったけれど、それは来世に期待するよ。

君の周りにはたくさんのやさしさがあふれている。
そのやさしさを大切にしながら、イラストレーターになる夢に向かって進んでほしい。
いつでも君のことを想っているよ。
目の前に広がる人生を行く君が、どうか笑顔であふれていますように。

諒

【完】

あとがき

皆さんには『願いごと』はありますか？

いくつの願いごとがあり、どんなふうにして叶えていきますか？

この物語の主人公である詩音（しおん）も、友だちのこと、家族のこと、将来のこと、恋のことなど、いくつかの願いごとを胸に秘めています。

ほかの人と少し違うのは、彼女が難病を抱えて生きているということです。難病というのは、根本的な治療が困難で、長期の療養を必要とする難治性の病気のことです。

もうすぐ自分は死んでしまうかもしれない。将来のことどころか、ひとつ先の季節も想像できないほど真っ暗な気持ち。予感はやがて確信になり、どんどん自分を追いこんでしまいます。

七夕（たなばた）の日に織姫（おりひめ）と彦星（ひこぼし）に願っても、そう簡単に願いごとは叶いません。そう、叶えられるのは自分だけなのです。

どうやって主人公がそのことに気づき、どんな行動をするのか、見守っていただければうれしく思います。

意外かもしれませんが、これまでよく言われる『余命もの』はほとんど書いてきませんでした。（一作だけありますが、それも序盤で体調が回復しています）

今回、このテーマを選んだのは、本業である介護の仕事の影響が大きいと思っています。

これまでは高齢者福祉（ふくし）のことを学んできましたが、コロナが落ち着いた今、難病や障害についての研修にも参加しています。知れば知るほど、簡単に小説にしてはいけない気持ちが強くなりました。

作中では病名は伏せ、私なりに考えたストーリー展開にしています。

この物語を読み、少しでもあなたの心になにかを残せますように。

それが私の願いごとです。

二〇二四年五月　いぬじゅん

※この作品はフィクションです。実在の人物・団体・事件などにはいっさい関係ありません。

集英社オレンジ文庫をお買い上げいただき、ありがとうございます。
ご意見・ご感想をお待ちしております。

●あて先
〒101-8050　東京都千代田区一ツ橋2-5-10
集英社オレンジ文庫編集部 気付
いぬじゅん先生

集英社
オレンジ文庫

夏にいなくなる私と、17歳の君

2024年5月25日　第1刷発行

著　者　いぬじゅん
発行者　今井孝昭
発行所　株式会社集英社
〒101-8050東京都千代田区一ツ橋2-5-10
電話【編集部】03-3230-6352
【読者係】03-3230-6080
【販売部】03-3230-6393（書店専用）
印刷所　大日本印刷株式会社

ISBN 978-4-08-680560-5 C0193